LA VIE
DEVANT ELLES

Osmont et Franck

La Vie devant elles

roman

Michel Lafon

118, avenue Achille-Peretti – CS 70024
92521 Neuilly-sur-Seine Cedex

www.michel-lafon.com

– 1 –

Chambries – Bassin minier – Printemps 1975

L'ascenseur remonte en grinçant des entrailles de la terre. À l'intérieur, une poignée de mineurs éreintés par une longue journée de labeur s'entassent les uns contre les autres, impatients de revoir la lumière du ciel. Les visages, indiscernables sous la poussière de charbon, restent obstinément fermés.

La porte grillagée s'ouvre dans un fracas métallique. Casque sur la tête, les hommes s'extirpent de la « cage » et se dirigent en silence vers la salle des pendus, une vaste pièce où se trouvent le vestiaire et les douches. Tenus en hauteur par de longues chaînettes, des dizaines de crochets attendent qu'on les descende du plafond pour y récupérer les vêtements propres.

Alignés le long du mur, les mineurs ôtent leurs bleus de travail. José, la quarantaine athlétique, se passe les mains sur le visage et s'approche discrètement de Paul, l'un de ses collègues. Tous deux semblent tendus mais s'interdisent d'échanger le moindre regard.

– Ils vont bientôt fermer la fosse 6, murmure José.

Paul encaisse la mauvaise nouvelle.

– Quand ? demande-t-il avec un léger accent polonais.

– Là... Dans les jours qui viennent... On est obligés de descendre.

Visiblement, cette perspective effraie Paul.

– Tu sais bien que c'est dangereux.

– On n'a pas le choix, le rembarre sans ménagement José. Il faut y aller.

Paul baisse les yeux, résigné. Les traits tirés, José s'éloigne en direction des douches, où flotte un épais nuage de vapeur chaude.

Une fois rhabillé en jean et blouson de cuir, il quitte la salle des pendus, son casque aux couleurs de l'Espagne sous le bras. Il salue ses camarades d'un simple geste de la main, sans s'attarder comme il le fait d'habitude.

Sous une pluie fine, il franchit les grilles de la mine, puis traverse d'un pas rapide les corons de Chambries. Les maisons en briques, propriétés des Houillères et louées aux mineurs, s'étirent à l'infini, toutes identiques ou presque. L'arrière de chacune est occupé par un jardinet, souvent agrémenté d'un potager. Plus loin, on aperçoit les imposants bâtiments de la mine, les chevalements qui surmontent les toitures, la masse noire et conique des terrils.

José parvient jusqu'au Chez Micheline, le bistrot où nombre de mineurs se retrouvent après le travail. En ouvrant la porte, il découvre une ambiance de fête, inhabituelle en ce lieu. Le juke-box joue à plein volume l'un des tubes du moment, *Avec les filles je ne sais pas* de Philippe Lavil. Les clients frappent des mains en rythme. Juchées sur des tables qu'on a placées en enfilade au centre de la pièce pour former un podium, deux ravissantes jeunes filles défilent en tenues colorées. À gauche se déhanche Solana, bientôt dix-sept ans, la fille de José, une brune élancée vêtue d'un ensemble jaune flashy. Ses longs cheveux bruns sont attachés en couettes. Elle sourit à sa meilleure amie, une blonde gaie et énergique, vêtue d'un chemisier orange et d'un chapeau de paille à large bord : Caroline, la fille de la patronne.

Toutes deux avancent tels des mannequins sur le podium improvisé puis, d'un mouvement plein de grâce, repartent en sens inverse sous les applaudissements des mineurs. Henri, le père de Caroline, immortalise ce moment joyeux avec sa caméra super-8. Il filme les consommateurs qui lèvent leurs verres dans sa direction avant de zoomer sur les visages des deux filles, illuminés par leur sourire.

Derrière le zinc, affichant une moue amusée, Micheline esquisse un pas de danse puis apostrophe gentiment son mari.

– Arrête de filmer ta fille dans cette tenue, voyons !

Au même moment, Solana aperçoit José, qui se tient immobile près de la porte d'entrée.

– Regarde : même mon père est venu, souffle-t-elle à Caroline.

De la main, elle lui adresse un baiser auquel il ne répond pas. Malgré la fierté que lui inspire sa fille, son visage reste crispé.

En reculant vers l'entrée, Henri vient par mégarde buter contre José, lequel en profite pour lui glisser un mot à l'oreille.

– Il faut qu'on se voie. Très vite.

– Pas ici, pas maintenant, lui répond Henri tout en continuant à filmer.

– Ils ferment le secteur ouest du bassin, insiste José. La fosse 6.

Comme Paul un peu plus tôt dans la salle des pendus, Henri accuse le coup. Il devient blême.

À quelques rues de là, Paul, de retour de la mine, s'arrête devant sa maison. Il marque un temps d'hésitation avant d'ouvrir la porte. À l'intérieur, règne un silence pesant, qui contraste avec le barouf qui règne dans le bistrot de Micheline.

Paul se glisse jusqu'à la chambre conjugale où sa femme Valérie s'active. Elle sort des vêtements du placard et les empile dans une valise posée sur le lit. Ses gestes sont précipités et maladroits. C'est à peine si elle se retourne quand elle perçoit dans son dos l'arrivée de son mari.

– Tu as bien réfléchi ? lui demande-t-il d'une voix éteinte.

Valérie inspire une grande bouffée d'air.

– Ça fait dix-sept ans que je réfléchis. J'en ai marre de vivre dans le noir. À Chambries, tout est noir. Même ma vie ! Je veux des couleurs !

– Ce n'est plus qu'une affaire de quelques jours… plaide Paul.

Étonnée, Valérie suspend ses gestes.

– Qu'est-ce que tu veux dire ?

– On va descendre au fond. Fosse 6.

À la fois moqueuse et incrédule, Valérie roule des yeux.

– Toi, tu vas descendre là-bas ?

– Oui.

Elle secoue la tête et soupire.

– C'est trop tard, de toute façon.

– Tu vas rejoindre l'autre ?

Valérie ferme brutalement sa valise.

– Tu sais très bien où je vais !

Paul l'observe un instant puis quitte la chambre tête baissée. Il a compris que le départ de Valérie est définitif, que rien ni personne ne la fera changer d'avis.

Dans le salon, leur fille Alma est assise à la table, plongée dans un manuel scolaire ouvert devant elle. Elle le tend à son père quand il entre dans la pièce.

– Papa, tu pourrais me faire réciter les dates d'histoire ? On a un contrôle pour le bac demain.

Paul secoue la tête.

– Ce n'est pas le moment, ma chérie. Elle s'en va… ajoute-t-il en pointant du doigt la chambre où se trouve Valérie.

– Elle te l'a dit, là, maintenant ?

– Elle est en train de faire ses valises.

Un accès de rage envahit aussitôt Alma. Elle jette son manuel scolaire et bondit de sa chaise en direction de la chambre. Paul lui prend le bras.

– Laisse, tu ne la feras pas changer d'avis.

– Elle nous quitte pour l'autre, papa. C'est la honte !

– Elle ne *nous* quitte pas, elle *me* quitte. Ça me regarde.

Les lèvres serrées, Alma le dévisage.

– Essaie au moins de faire quelque chose ! Bats-toi, pour une fois !

En guise de réponse, Paul hausse les épaules, ramasse un arrosoir et sort dans le petit jardin qui prolonge la maison. De dos, il a l'allure d'un homme déjà vaincu.

Alma se précipite vers la chambre de ses parents au moment où Valérie, la valise posée à ses pieds, enfile son manteau.

– Tu t'en vas, c'est ça ? lui lance sa fille sur un ton agressif.

Valérie acquiesce en silence.

– Tu te rends compte de ce que tu fais à papa ? poursuit Alma, qui peine à contenir sa colère.

– Je sais, concède sa mère dans un souffle.

– Et à moi, tu te rends compte de ce que tu me fais ?

– Oui, je sais aussi.

Valérie s'approche de sa fille et veut lui caresser les cheveux. Mais Alma se dérobe.

– Tu pars pourquoi, maman ?

– Je n'en peux plus des soirées avec les mineurs, des magasins pour mineurs, des jardins de mineurs…

– J'ai mal posé ma question, l'interrompt Alma. Tu pars pour qui ?

La culpabilité étreint Valérie. Elle paraît tétanisée.

– Tu vas redevenir infirmière pour ce con !

– Je t'en prie, l'implore sa mère, ne sois pas méchante. C'est déjà assez difficile comme ça.

– Difficile pour nous. Pas pour toi !

Secouée par la véhémence de sa fille, Valérie attrape sa valise et s'avance vers la porte.

– Si tu veux me parler, tu sais où je suis…

– Tout Chambries le sait ! explose Alma.

Atrocement meurtrie par la charge haineuse de sa fille, Valérie quitte la maison, livide.

S'efforçant de retenir ses larmes, Alma rejoint son père dans le jardin, à l'arrière de la maison. Il bêche un potager bien entretenu, où poussent quelques salades. Trois poulets caquètent dans une cage.

Alma se tord les mains, hésitant sur les mots à employer avec son père.

– Je peux t'aider ? lui propose-t-elle.

Paul ne répond pas.

– Papa, je te parle ! insiste Alma.

Il dissimule son visage pour qu'elle ne le voie pas pleurer. Elle tend une main réconfortante.

– Papa…

Elle le force à abandonner sa bêche et le serre dans ses bras. Le chagrin du père se communique à sa fille.

– Papa… On va y arriver. Tu n'es pas tout seul.

– Qu'est-ce qu'elle t'a dit, maman ? murmure-t-il.

– Elle part, c'est tout.

– Elle reviendra peut-être…

Un serrement de cœur saisit Alma.

– Papa, ne crois pas ça ! Elle part où c'est plus beau, plus riche.

Paul, submergé par une immense lassitude, échappe à l'étreinte de sa fille et entreprend de ranger ses outils de jardinage.

– La mine m'a tout pris… Mon père, mon frère, ma femme… Ma seule chance, c'est de ne pas avoir eu de fils. Il serait descendu en bas lui aussi.

Alma se désespère de voir son père sombrer dans la mélancolie. Elle aimerait pouvoir le consoler.

– Tu aimes cette vie-là, tu le sais bien.

– On a une belle maison, un petit jardin, concède Paul. Mon père, c'est ça qui l'a retenu quand il est venu de Pologne. Et moi, c'est ta maman... Je pensais qu'on ne se quitterait jamais.

– Je suis là, papa ! C'est une façon pour vous de ne jamais vous quitter.

– Mais tu t'en iras, toi aussi ! Qu'est-ce que tu ferais ici ? Trier le charbon ? Être fileuse à Roubaix ? Il n'y a pas d'avenir dans la région pour les filles ! Elles deviennent toutes femmes de mineur et elles ne travaillent plus.

Paul regarde Alma avec un pauvre sourire. Ému par son désarroi, il fait un pas vers elle et la prend affectueusement contre son épaule. Elle lâche prise et fond en larmes.

*

* *

Chez Micheline, le défilé de mode est maintenant terminé. La plupart des clients ont quitté les lieux et le calme est revenu.

Caroline et Solana rangent les tables ayant fait office de podium. Dans un coin de la salle, Henri s'est attablé avec des copains pour jouer aux cartes. De l'argent passe de main en main.

Derrière le zinc, Micheline s'escrime à laver les verres qui s'entassent face à elle. Elle prend un balai et le tend à sa fille.

– Il faut nettoyer le sol, aussi !

– Oui, maman !

Caroline, qui espérait en avoir terminé avec la corvée du rangement, s'approche de mauvaise grâce et s'empare du balai.

– Tu n'as vraiment pas envie, hein ? la taquine Micheline.

Caroline incline affectueusement son visage vers le giron de sa mère.

– Tu le sais bien…

– Mais pourquoi ? Ce n'est pas déshonorant de tenir un bistrot.

– C'est seulement que j'ai envie de faire autre chose. Ce n'est pas contre toi, mais je ne veux pas passer ma vie derrière un comptoir !

Son balai en main, elle va retrouver Solana au fond du café. Elle croise Henri qui abandonne sa partie de cartes et rejoint sa femme derrière le bar. Il fait sa tête des mauvais jours.

– Toi, tu as encore perdu des sous aux cartes, maugrée Micheline.

– Tant que je ne te perds pas toi, tout va bien.

Elle lui montre le zinc encombré de verres sales.

– Vas-y, lave !

Il commence sans enthousiasme à frotter les verres dans l'évier. Micheline le regarde, attendrie.

– Tu ne sais pas faire !

Elle ouvre la caisse, prend un billet de dix francs et le lui donne.

– Je ne sais pas si tu es meilleur aux cartes qu'à la vaisselle, mais au moins tu aimes ça !

Henri se sèche les mains, prend le billet et, plein de reconnaissance, embrasse Micheline dans le cou avant d'aller retrouver sa partie de cartes.

À peine cinq minutes plus tard, Caroline revient vers le comptoir en compagnie de Solana. Toutes deux semblent épuisées d'avoir balayé le sol. Micheline les considère avec bienveillance.

– C'est bon, les filles, vous pouvez filer.

Ayant aussitôt retrouvé son énergie et sa bonne humeur, Caroline claque un baiser sur le museau de sa mère et s'enfuit du café avec Solana.

Dehors, la pluie fine a cessé, le soleil parvient à se frayer un passage entre d'épais nuages. Caroline prend la main de Solana.

– Viens, on va acheter le journal. Il paraît qu'il y a une annonce pour nous.

– C'est quoi ?

– Tu verras…

Les deux filles marchent à grandes enjambées dans les rues de Chambries.

– Ma mère, se confie Caroline, elle n'arrive pas à comprendre que j'aie envie de partir. Comme elle a pris la suite de Mémé derrière le bar, elle voudrait que je fasse pareil.

– Et les garçons seront mineurs comme leurs pères et leurs grands-pères, abonde Solana.

– Ils n'ont aucune imagination, ici. Au fait, tu lui as dit, à ton père, qu'on irait à Paris ?

– Oui, mais il préférerait que j'aille dans son pays !

– En Espagne, chez Franco ? Tu te vois coudre des uniformes de dictateur ?

Solana éclate de rire tandis que Caroline s'engouffre chez le marchand de journaux. Elle en ressort avec *La Voix du Nord*, dont elle feuillette avidement les pages intérieures.

– Ah voilà ! s'exclame-t-elle en découvrant l'annonce qu'elle cherchait. C'est un concours de robe de mariée organisé par le Comité des industries textiles du Nord-Pas-de-Calais. Il est ouvert à tout le monde, et si on gagne on sera invitées à un défilé de haute couture à Paris.

– Je ne suis jamais allée à Paris, rêvasse Solana.

– Moi non plus, dit Caroline. Mais comme c'est là-bas qu'on ira pour faire de la mode, on a intérêt à gagner le concours !

– On le fait ?

– Évidemment, qu'on le fait !

Elles se tapent dans la main, comme un serment, puis repartent gaiement.

– Il faut trouver des photos, des modèles…

– Ça va nous prendre du temps, s'inquiète Solana. N'oublie pas qu'on a le bac dans six mois.

– On l'aura le bac, les doigts dans le nez !

Sur le trottoir d'en face apparaît alors Valérie, la mère d'Alma. Juchée sur des talons hauts, engoncée dans une jupe étroite, elle peine à transporter sa lourde valise. Les filles lui adressent un bref salut auquel Valérie, perdue dans ses sombres pensées, ne répond pas.

– Tu as vu comment elle marche, celle-là ? s'amuse Solana. On dirait la tour Eiffel ! Il paraît qu'elle a un amant en ville. Je suis sûre qu'elle va le retrouver.

– C'est beau, comme mot : un « amant », s'extasie Caroline.

– Oui, enfin, ça dépend de l'amant, tempère Solana, insensible aux envolées poétiques de sa copine. Le sien, c'est Vilson, le propriétaire des journaux. Il a la plus grosse maison des environs.

– Grosse maison, peut-être, mais petite quéquette…

Solana écarquille les yeux.

– Comment tu sais ça ?

– Il a eu un accident. Depuis, il est paralysé du bas.

– Et alors ?

– Quand les jambes ne marchent plus, le reste ne marche plus non plus.

– Qu'est-ce que t'y connais, toi ?

Caroline prend un air mystérieux.

– Plein de trucs ! Depuis dimanche…

– Sans blague… Depuis dimanche ? Mais avec qui ?

– Didier.

– Quoi ! Avec le fils du porion ? Ce petit chef !

– Dans la bagnole de son père, précise Caroline.

– Et c'était comment ? demande Solana, qui aimerait connaître les détails d'un événement aussi considérable.

– C'était grand ! se souvient béatement Caroline.

Solana éclate de rire et tombe dans les bras de sa copine.

*

* *

Dans une salle de classe du lycée de Chambries, un bâtiment sans âme comme il s'en est construit des dizaines dans les années 60, la prof de maths écrit à la craie l'énoncé d'un exercice. D'incompréhensibles équations remplissent le tableau noir. La prof se retourne et, un peu lasse, observe les élèves, qui ne pipent mot. Assise au premier rang, Alma prend des notes avec application. Solana et Caroline sont reléguées au dernier rang. Elles bayent aux corneilles.

– Si vous voulez éviter de vous planter au bac, déclare la prof, il ne suffit pas d'apprendre par cœur. Il faut comprendre ! Vous avez quinze minutes pour faire l'exercice.

On entend un bruissement de feuilles dans la classe, accompagné de quelques soupirs de résignation. Alma attaque aussitôt son devoir. Caroline et Solana sont nettement plus hésitantes. Surtout Solana, qui se penche vers son amie.

– Je n'y comprends rien, se désespère-t-elle à voix basse.

Caroline déplace discrètement sa feuille pour que sa copine puisse plus facilement copier le brouillon qu'elle commence vaguement à griffonner.

La prof de maths s'assied derrière son bureau et se plonge dans la lecture d'un livre. Alors qu'un silence studieux règne dans la classe, un billet plié en quatre passe de table en table. Il atterrit sur la copie d'Alma. Surprise, elle l'ouvre et lit : « Ça te fait quoi d'être la fille d'une pute et d'un cocu ? »

Elle se retourne brusquement. Plusieurs rangs derrière, deux dadais pouffent en lui adressant des gestes obscènes. Alma les fixe, les yeux emplis de rage, puis revient à son devoir.

Un quart d'heure plus tard, la sonnerie de fin de cours retentit. Solana et Caroline se lèvent d'un même mouvement pour aller remettre leur maigre copie à la prof. À quoi bon s'éterniser en classe alors qu'elles ont été incapables de résoudre la plupart des problèmes de l'exercice ? Elles ont plus urgent à faire : rejoindre les autres élèves dehors.

Adossé contre un mur de la cour, Didier, le petit copain de Caroline, joue avec un Rubik's

Cube tout en tirant sur sa cigarette. Caroline lui saute dessus, tout heureuse de le retrouver.

– Je suis nulle à ce truc, dit-elle en désignant le Rubik's Cube.

Didier le lui tend.

– Tiens, cadeau. Ça me fait plaisir.

Sensible au geste, Caroline l'embrasse sur les lèvres.

– T'as pas envie de sortir en boîte demain ?

– T'y vas, toi ?

– Oui, mais tard. Ma mère, le vendredi, elle veut que je sois derrière le bar.

– Et ton père, il te laisse sortir ?

– Mon père, c'est une bonne pâte : il est mou de partout ! Il ne m'interdit rien.

À cet instant, Alma surgit du bâtiment et fond sur les deux dadais, qui baguenaudent tranquillement dans la cour. Elle a l'œil mauvais et la démarche décidée.

– Alors, ma mère est une pute ?

Gênés, les deux garçons ricanent en jouant des pieds, tels des adolescents empotés. Caroline et Solana observent la scène à distance.

– Et mon père, un cocu ? poursuit Alma.

– On disait ça comme ça... tente de se justifier l'un des dadais.

Alma le foudroie du regard.

– T'en as marre de ta condition de puceau ?

– T'énerve pas… bredouille-t-il.

Alma se campe face à lui, à quelques centimètres de son visage que l'acné n'a pas épargné.

– Il y a des bordels à Lille. Si tu veux, je demanderai des adresses à ma mère. Le problème, ajoute-t-elle méprisante, c'est que les putes n'aiment pas les cons.

Cela dit, Alma tourne les talons et se dirige vers la sortie du lycée. Caroline et Solana, qui n'ont rien raté de la scène, la regardent s'éloigner, bluffées par le cran dont elle a fait preuve.

Depuis le début de l'année scolaire, quand elles se sont retrouvées dans la même classe, les deux amies ont souvent pu constater qu'Alma n'était pas fille à se laisser marcher sur les pieds, suscitant d'emblée une certaine sympathie de leur part. Mais en dépit de leurs tentatives pour se rapprocher d'elle, Alma est demeurée sur la réserve, peu désireuse de sympathiser avec les autres élèves de la classe. Elle donnait l'image d'une fille polarde, taciturne et solitaire.

C'est seulement quand des rumeurs ont commencé à circuler dans Chambries au sujet de l'infidélité de sa mère que Caroline et Solana ont compris qu'elle devait vivre un moment difficile. Mais ni l'une ni l'autre ne mesuraient à quel point Alma souffrait de cette situation, qui l'amenait à se renfermer de plus en plus.

À présent qu'elles ont assisté à la passe d'armes entre Alma et les deux dadais, elles éprouvent une certaine culpabilité.

– On a été connes de se moquer de sa mère tout à l'heure, regrette Solana.

– Oui, t'as raison, c'était débile. N'empêche, elle les a bien mouchés, les deux couillons.

En entendant le vrombissement si particulier de la moto de son père, Solana tourne la tête en direction de la rue. Elle embrasse Caroline et part en courant.

José lui tend son casque, qu'elle enfile avec plaisir. Elle grimpe sur l'Ossa, une puissante cylindrée de fabrication espagnole. L'engin s'éloigne à vive allure du lycée, dont les murs sont recouverts d'affiches appelant à une prochaine manifestation du MLF à Lille.

L'Ossa de José se gare devant l'hôpital de Chambries, une imposante bâtisse en briques ocre construite au lendemain de la Grande Guerre. Accompagné de Solana, il pénètre dans le hall où une infirmière le salue amicalement.

– Bonjour, monsieur Alcantara ! Vous allez bien aujourd'hui ?

Il lui décoche un sourire un peu forcé et s'enfonce dans les couloirs avec sa fille. À l'étage, ils poussent la porte d'une chambre à la propreté clinique. Une femme brune d'une quarantaine d'années se trouve là, immobile sur une chaise, les yeux dans le vide. Elle est vêtue d'un pyjama et d'un peignoir fatigués. Un plateau-repas est posé devant elle.

Solana vient l'embrasser.

– Bonjour maman.

La femme ne réagit pas. Aucun muscle de son visage ne bouge.

José se tient en retrait contre le mur, les bras croisés. Manifestement, ces visites rituelles à l'hôpital lui sont pénibles. Sa fille, au contraire, se comporte avec sa mère comme si elle pouvait comprendre.

– J'ai eu un devoir de maths aujourd'hui, lui annonce-t-elle avec une infinie tendresse. Je n'ai rien compris ! Ça m'embête parce que je veux avoir mon bac.

Elle caresse la joue de sa mère.

– Après, j'irai à Paris... Mais ne t'inquiète pas, maman : Paris, c'est tout près. Je viendrai te voir souvent. Peut-être même que c'est toi qui viendras.

Le regard de sa mère reste rivé sur le néant.

– Papa t'emmènera.

José grimace.

– À moto, c'est ça...

Solana le toise, la mine sévère.

– Papa !

– Ça ne sert à rien, ce que tu fais ! s'emporte-t-il. Elle est comme ça depuis des années !

Solana se penche vers sa mère et lui murmure affectueusement à l'oreille.

– Ne l'écoute pas. C'est la mine, ça le fatigue.

Elle arrange le peignoir.

– Tu sais que je t'aimerai toute ma vie.

– Allons-y, maintenant, s'impatiente José.

Fataliste, Solana se redresse. Elle est au bord des larmes, bouleversée de constater une fois de plus que sa mère reste emprisonnée dans une bulle hermétique dont il lui sera impossible de s'échapper.

Tous deux sortent de la chambre, traversent les couloirs de l'hôpital en sens inverse, saluent l'infirmière postée à l'accueil. Leur trajet à moto dans les rues de Chambries les mène jusqu'à une maison de mineur semblable à toutes les autres.

Solana descend de l'Ossa et ôte son casque. Son père enclenche une vitesse pour repartir.

– Tu ne restes pas ?

– Non, j'ai un truc à faire.

Solana pose la main sur le bras de son père.

– Papa… Je comprends que ce soit dur pour toi, mais tu ne peux pas être comme ça avec maman.

– Qu'est-ce que ça peut faire ? Elle ne comprend rien, de toute façon.

Pressé de mettre un terme à la conversation, José tourne la poignée des gaz. Le moteur de la moto rugit. Il démarre sur les chapeaux de roue, abandonnant Solana au milieu de la rue.

L'air mélancolique, la jeune fille entre dans la maison et pose son sac sur la table du salon. La pièce ressemble à un mausolée à la gloire de l'Espagne républicaine de 1936. Au mur sont accrochées des photos de combattants des Brigades internationales et des affiches fustigeant le régime fasciste de Franco. Près de la fenêtre, un grand drapeau espagnol porte l'inscription : « *El Frente Popular de Madrid al Frente Popular del mundo* ».

Solana retrouve sa chambre, décorée d'un papier peint à fleurs. Des revues de mode traînent ici et là. Elle pose un trente-trois tours de Julien Clerc sur le tourne-disque et, face à un petit miroir, imite l'attitude d'un mannequin défilant pour une maison de haute couture.

De son côté, José roule à tombeau ouvert dans les rues de Chambries jusqu'au bistrot de Micheline. Deux ou trois mineurs discutent devant la porte. Ils l'observent caler sa moto sur la béquille. L'un d'eux s'approche : c'est le porion, l'homme qui fait office de contremaître à la mine.

– Tu n'aurais pas pu t'acheter une Kawasaki, comme tout le monde ?

– Je suis espagnol, j'ai une bécane espagnole !

Mariano, le délégué CGT des mineurs dont les parents ont émigré d'Espagne, attrape la réplique au vol.

– On se demande bien pourquoi…

Ils pénètrent ensemble dans le café, qui connaît l'affluence des fins de journée. Micheline et Henri s'activent derrière le bar. D'un geste discret, José fait comprendre à son collègue qu'il doit le rejoindre dans la courette à l'arrière du bistrot.

Tout en échangeant des regards de comploteurs, les deux hommes sortent et s'isolent.

– Paul est prévenu ? demande anxieusement Henri.

– Oui, répond José à voix basse.

– Ils la ferment quand, la fosse 6 ?

– D'un jour à l'autre.

– C'est peut-être une bonne nouvelle.

– À condition qu'on soit descendus avant.

– Il le faut ! grogne Henri. Tu peux aller repérer ?

– Oui... Mais comment on expliquera ça, quinze ans après ?

– Moi, je dirai que j'ai gagné aux cartes. C'est même pour ça que je m'y suis mis.

Les deux hommes se séparent. Un masque d'inquiétude fige le visage de José.

*

* *

C'est la fièvre du samedi soir au Jimmy's, la discothèque de Chambries, où l'alcool coule à flots. Une musique disco assourdissante fait trembler les murs. Tournoyant au plafond, une boule à facettes jette des éclairs de lumière dans la salle.

Sur la piste de danse, Caroline et Didier se trémoussent en rythme. Elle porte une ravissante jupe courte à carreaux, lui un pantalon pattes d'eph qui ferait pâlir d'envie John Travolta.

Affalée sur une banquette, un grand verre de gin-tonic à la main, Solana observe la scène. Elle aussi porte une jupe courte, du même modèle que celle de Caroline. Un charmant garçon la serre de près.

– Vous avez les mêmes fringues, avec ta copine, remarque-t-il.

– Normal, c'est nous qui les avons cousues.

Électrisée par les rythmes disco, Caroline embrasse Didier à pleine bouche. Le garçon qui colle Solana s'émerveille.

– T'as vu comment elle embrasse son copain !

Solana se tourne vers lui.

– Tu veux dire qu'on pourrait faire comme les fringues : pareil ?

Le garçon la dévisage sans comprendre. D'autorité, Solana le prend par le menton et l'embrasse goulûment. D'abord surpris, le garçon s'abandonne aux délices d'un baiser voluptueux.

Les dernières notes de *Never Can Say Goodbye*, la chanson de Gloria Gaynor, s'échappent des enceintes. Caroline et Didier, bras dessus bras dessous, quittent la piste de danse pour rejoindre la banquette. Ils s'y affalent, épuisés par l'effort.

– Moi, c'est Caroline, dit-elle au tout nouveau fiancé de Solana. Lui, c'est Didier.

– Salut. Moi, c'est Jean-Pierre.

Caroline interroge Solana du regard.

– Il me collait. Alors, je me suis dit que ce serait mieux qu'un dentifrice. Pour la bouche, je veux dire.

Les deux filles éclatent de rire. Atrocement vexé, le garçon se dresse et quitte aussitôt la banquette. Didier, charmeur, se penche vers Solana.

– Tu veux danser ?

– Elle danse jamais avec les copains de ses copines, intervient sèchement Caroline.

Solana, loin de partager le même point de vue, lui adresse une grimace mauvaise.

– Elle déteste surtout qu'on parle à sa place !

Elle se lève, prend la main de Didier et l'entraîne vers la piste de danse. Caroline les suit du regard, furibarde.

Après Gloria Gaynor, c'est au tour de Barry White d'enfiévrer la boîte de nuit : *You're The First, My Last, My Everything*… L'alcool aidant, Solana se lance dans une chorégraphie lascive. Elle roule des hanches, puis s'entortille autour de Didier. Tous les regards convergent dans sa direction. C'est elle, désormais, la reine de la soirée.

Horripilée par le spectacle d'une Solana aussi désirable, Caroline empoigne son sac à main et fonce droit sur elle.

– Je suis crevée, je rentre.

Après un instant d'hésitation, Solana se précipite à sa suite, laissant Didier en plan.

– Attends-moi, j'arrive !

Les deux filles se fraient difficilement un chemin jusqu'à la sortie. Dehors, Caroline détache l'antivol de sa Mobylette et donne un coup de pédale pour démarrer. Sans y être invitée, Solana s'assied à califourchon sur le porte-bagages.

– T'es dégueu d'avoir fait ça avec Didier ! lui reproche Caroline en démarrant. Juste avant, tu disais que tu ne dansais pas avec les fiancés de tes copines !

– C'est toi qui l'as dit, pas moi !

– C'est pas une raison !

– Si ! T'as pas à parler pour moi ! réplique Solana. De toute façon, je ne te l'ai pas piqué, ton copain.

– Je te voyais, tu l'allumais !

– Tu commences à me gonfler !

Caroline freine d'un coup sec au beau milieu d'une rue sombre de Chambries et se tourne vers sa copine.

– Descends !

Solana s'exécute.

– T'es jalouse, c'est tout !

La flèche de Solana a atteint sa cible. Folle de rage, Caroline fait demi-tour et accélère, abandonnant sa copine dans la nuit.

Après un bon quart d'heure de marche, Solana arrive enfin devant chez elle. La lumière du salon est allumée. Elle entre dans la maison. José, qui se prépare un sandwich en écoutant les informations à la radio, l'accueille froidement.

– T'es bourrée ?

– Léger léger…

– J'ai rien contre tes virées en boîte. Mais pas que tu rentres bourrée.

– Ça t'est arrivé à toi aussi ! proteste-t-elle.

– C'est pas une raison !

Solana montre le drapeau de la République espagnole suspendu au mur.

– Papa, tu ne peux pas être le fils de républicains espagnols et faire une scène à ta fille parce qu'elle a picolé deux ou trois gin-tonics de trop ! Ou alors, il faut que tu enlèves tout ton foutoir !

Elle embrasse respectueusement le drapeau.

– C'est pas un foutoir, se défend José. C'est la mémoire de tes grands-parents.

– Oh, excuse-moi…

Solana expire profondément, inspire, expire encore, comme si elle cherchait à évacuer l'alcool qui coule dans ses veines.

– Il faut que je dorme un peu, je crois. J'ai trop dansé.

À la radio qu'écoute José, le bulletin d'information évoque la brusque dégradation de l'état de santé de Franco.

– Tu entends ça, se réjouit-il, Franco va crever !

– Super, tu vas pouvoir retourner en Espagne.

Son sandwich empaqueté, José enfile en vitesse son blouson de cuir, attrape son casque et embrasse sa fille.

– Tu vas à la mine à moto ? s'étonne Solana.

– J'ai un truc à faire avant.

Il quitte la maison, tandis que Solana commence à se préparer un café. Quelques secondes plus tard, elle entend l'Ossa démarrer. À la radio, le journaliste annonce qu'au rythme actuel le cap du million de chômeurs sera bientôt franchi en France.

*

*   *

Au petit matin, Micheline est déjà à pied d'œuvre pour préparer l'ouverture de son bistrot. Faisant la tête des mauvais jours, elle dispose les chaises autour des tables avec l'aide de son mari.

– Quand Caro rentre bourrée à pas d'heure, lui reproche-t-elle, tu pourrais lui dire autre chose que « tu as passé une bonne soirée, ma chérie ? »

– Je comptais sur toi pour l'engueuler.

– Je m'occupe du café. Je ne peux pas tout faire !

– Toi, ce que tu voudrais, c'est que ta fille ne sorte jamais et qu'elle reste ici pour te donner un coup de main. Exactement comme toi avec ta mère. Mais, elle, ce qu'elle veut, c'est partir à Paris.

– Tout le monde veut aller à Paris ! Et qui paie ?

– Moi ! répond fièrement Henri en pointant l'index vers sa poitrine.

– Avec quoi, mon pauvre chou ? Ta paie de mineur ? Elle ne suffit même pas à régler le loyer du bistrot. Tu sais combien on leur doit, aux Houillères ?

– Je trouverai l'argent, assure-t-il.

– Où ? Comment ? Aux cartes ?

– Ou aux courses.

– À la bataille, pendant que tu y es !

Micheline passe derrière le comptoir. Voulant se montrer conciliant, Henri la rejoint et la prend dans ses bras.

– T'énerves pas, ma puce…

Micheline se laisse amadouer.

– Je m'en fiche que tu joues. Et même que tu perdes. T'aimes les cartes, t'aimes les cartes ! Mais moi, j'aime ce bar. Et je veux le garder !

– On va le garder, ma Miche, tu verras. Peut-être même qu'on l'achètera.

Elle lui sourit tendrement. Si elle ne croit pas un mot de ce que lui dit son mari, elle aime qu'il se montre prévenant avec elle.

Non loin de là, à la même heure, Alma prépare le petit déjeuner dans la maison qu'elle habite désormais seule avec son père. Elle considère avec tristesse la chaise vide qu'occupait sa mère. Son absence se rappelle cruellement à elle, tant ils avaient l'habitude de se retrouver tous les trois autour de cette table chaque matin. C'était pour eux l'occasion d'échanger des confidences, de se raconter leur journée de la veille et d'envisager celle qui débutait. Le souvenir de ces petits instants de bonheur bouleverse Alma. Elle retient ses larmes.

Son père entre dans la cuisine et se plante face à elle.

– Je voudrais que tu prennes notre chambre, ma chérie.

– Pourquoi ?

– Tu seras mieux installée pour travailler. Si tu veux être avocate, c'est pas en faisant tes devoirs sur la table du salon que tu y arriveras.

Alma pose deux bols et deux serviettes sur le Formica.

– Comment elle l'a rencontré, ce type ? C'était quand elle travaillait à l'hôpital ?

– Non, plus tard. Elle faisait des soins à domicile. Elle est allée chez lui, après son accident. Ils étaient un peu sortis ensemble quand elle avait seize ou dix-sept ans.

– C'était un accident de quoi ?

– De voiture.

– C'est là qu'elle a commencé à être de mauvaise humeur ?

– Pas tout de suite... Les premiers temps, le matin, elle se réveillait comme un soleil. Je ne comprenais pas pourquoi. Et puis au bout de deux mois, ses yeux, c'est devenu l'orage. D'abord, elle a été heureuse de le retrouver, et ensuite, malheureuse de devoir supporter l'autre. L'autre, c'était moi ! Et puis elle me l'a dit. Et maintenant, elle est partie.

Alma est émue de voir son père si malheureux. Elle pose sa main sur la sienne.

Le téléphone sonne. Paul se lève pour répondre. Paraissant embarrassé, il chuchote deux phrases puis raccroche. Alma le regarde avec une mimique complice.

– Tu es sûr que tu n'as pas besoin d'un grand lit ?

– Pourquoi ?

– Qui peut t'appeler si tôt le matin, si ce n'est une femme ?

Paul hausse les épaules.

– Si tu savais… soupire-t-il.

*

* *

Leur sac de sport en bandoulière, Solana et Caroline cheminent dans les rues de Chambries en direction du lycée. Les deux filles ont eu le temps de se réconcilier depuis leur dispute à la sortie de la discothèque. Mais l'épisode est resté en travers de la gorge de Caroline.

– Pourquoi tu as été dure comme ça ? demande-t-elle à sa copine. On dirait un porc-épic.

– Un cactus, sourit Solana. C'est comme ça que m'appelle mon père.

– Un cactus ?

– Oui, ça pique dehors et ça fond dedans.

– Et pourquoi tu piques dehors ?

Un voile de mélancolie recouvre le visage de Solana.

– Peut-être parce que je n'ai pas eu de mère pour m'arroser quand j'étais petite.

Comprenant qu'elle a touché un point sensible, Caroline passe son bras sous celui de Solana.

– Excuse-moi…

Les deux filles pénètrent dans l'enceinte du lycée et se dirigent sans enthousiasme vers les vestiaires du gymnase. Caroline change de sujet de conversation.

– Tu ne m'as jamais dit : Didier, tu le trouves comment ?

– C'est un garçon, quoi… répond évasivement Solana.

– Non mais, comparé aux autres, tu trouves pas qu'il a la classe ?

– Il a la classe terminale… esquive Solana. L'année dernière, il avait la classe première…

Caroline lui tire la langue.

– Il est quand même plus beau que le tube de dentifrice que tu t'es dégotté au Jimmy's !

Après avoir enfilé leur survêtement dans le vestiaire, les deux filles rejoignent le gymnase, où les autres élèves de la classe effectuent des mouvements d'échauffement. Alma, très consciencieuse, mouline des bras. Elle se détourne froidement quand l'un des deux dadais lui décoche un sourire aimable.

Jambes écartées et sifflet autour du cou, le prof de gym frappe dans ses mains pour requérir l'attention de ses élèves et mettre un terme à leur échauffement.

– Alignez-vous en file indienne ! aboie-t-il tel un sergent-chef s'adressant à des troufions.

Caroline et Solana vont se placer dans le rang en traînant des pieds.

– Vous allez me faire une course d'élan jusqu'au mouton là-bas, explique le prof en mimant l'exercice. Ensuite : impulsion sur le tremplin, prise d'appui sur l'agrès, saut carpé, réception sur le tapis. Et on termine par une roue !

Les deux copines lèvent les yeux au ciel.

– Compris ? conclut le prof. Exécution !

Les uns après les autres, les élèves s'élancent, sautent et roulent. Bien que Solana manifeste une mauvaise volonté évidente, elle parvient tant bien que mal à enjamber l'agrès mais s'écroule sur le tapis en faisant la roue.

Vient le tour de Caroline. Elle trottine mollement jusqu'au tremplin et retombe à califourchon sur l'appareil, ce qui l'oblige à ramper vers l'avant pour en descendre. Incapable de dissimuler le fou rire qui la saisit, elle rejoint Solana le long du mur.

D'une démarche martiale, le prof s'avance vers elles.

– Au bac, si vous ne vous concentrez pas plus que ça, vous rirez moins !

– On a encore le temps, réplique Caroline du tac au tac.

– Refaites-moi l'exercice, lui ordonne le prof.

Hilare, Caroline se penche vers Solana.

– Il a un tout petit coeff, lui...

Son geste du pouce et de l'index, à peine espacés de deux centimètres, laisse peu de doute sur la signification de la plaisanterie. D'ailleurs, le prof ne s'y trompe guère.

– Les deux, là, dit-il en claquant des doigts, vous virez d'ici ! On se retrouve à la fin du cours chez la proviseure.

Hésitant entre insouciance et appréhension, les deux filles retournent dans le vestiaire pour se changer.

Une demi-heure plus tard, elles arpentent le couloir qui mène au bureau de la proviseure.

– Tu crois qu'il a entendu, le prof ? s'interroge Caroline.

– Je crois, oui. Sinon, il ne nous aurait pas virées du cours.

– De toute façon, c'est vrai : au bac, la gym, ça compte à peine.

– C'est pas vraiment ce que tu voulais dire, objecte Solana. T'es carrément obsédée, toi, en ce moment !

Parvenues devant le bureau de la proviseure, elles frappent à la porte. Une voix puissante les invite à entrer. Une dame d'une soixantaine d'années, portant chignon et tailleur strict, se tient derrière une table encombrée de dossiers et de parapheurs. Le prof de gym est assis sur une chaise face à elle, la mine renfrognée.

– Mademoiselle Moriot, commence la proviseure, pouvez-vous répéter ce que vous avez dit tout à l'heure en cours ?

Caroline prend un air innocent.

– Bah, rien, j'ai seulement dit qu'au bac, la gym, ça compte à peine.

– C'est évident, renchérit Solana par solidarité.

– Ce n'est pas du tout ce qu'elle a dit, proteste le prof de gym.

– Soyez plus précise, mademoiselle Moriot, intervient la proviseure. Comment avez-vous formulé votre propos ?

– J'ai dit que la gym, ça avait un petit coefficient.

– Non ! la coupe le prof, outré. Que *moi*, j'avais un petit coeff.

La proviseure, qui ne semble pas saisir le double sens de la phrase, tente d'apaiser le conflit.

– Ce n'est pas très grave…

– Vous trouvez ? s'insurge le prof.

– C'est vrai, confirme en toute candeur la proviseure, la gymnastique, au bac, ça a un petit coefficient.

Incapables de garder leur sérieux plus longtemps, les deux filles laissent échapper un fou rire. La proviseure, qui vient tout juste de comprendre à quoi elles faisaient allusion, se cabre. Buste droit et bras croisés, elle les fixe sévèrement, résolue à exercer son autorité.

– Ça fait déjà trois fois, mesdemoiselles, que vous venez ici pour les mêmes faits : insolence. Je ne passerai plus l'éponge. Vous serez convoquées vendredi en conseil de discipline.

La perspective d'une telle convocation, suivie d'une possible sanction, refroidit aussitôt les deux copines.

– Avant le bac ? bredouille Caroline.

– Évidemment ! Après le bac, vous ne serez plus ici. Sauf si vous redoublez…

– On ne redoublera pas, rétorque Solana avec aplomb. On veut aller à Paris. Dans une école de mode.

La proviseure fait une moue dubitative, comme si cette idée lui paraissait à la fois saugrenue et irréalisable.

– Par mesure de clémence, ajoute-t-elle, je vous maintiens en classe jusqu'à vendredi, sans vous exclure. C'est une fleur que je vous fais. Vous pouvez disposer.

Tête basse, les deux filles quittent la pièce, redescendent dans la cour et filent en direction de la sortie. À l'extérieur, Caroline reprend possession de sa Mobylette. Comme à son habitude, Solana s'assied sur le porte-bagages.

– Va falloir annoncer ça chez nous, s'inquiète Solana tandis que Caroline fonce pleins gaz dans les rues de Chambries.

– Si ton père t'engueule, tu lui dis qu'il ne peut pas défendre l'Espagne révolutionnaire et t'emmerder parce que tu passes en conseil de discipline. Là, ça déconnerait sec.

– J'arrête pas de le lui servir, cet argument.

Caroline freine devant la maison de Solana, laquelle descend de la Mobylette et embrasse sa copine. Quand elle ouvre la porte, elle entend son père parler au téléphone.

– Henri a repéré les lieux… chuchote-t-il mystérieusement à son interlocuteur. Il m'a dit qu'il nous montrerait.

Solana avance dans le couloir sans faire de bruit.

– On se connaît à peine, poursuit José, point barre.

Quand il voit sa fille apparaître dans le salon, il conclut précipitamment sa conversation.

– On se retrouve au fond. Je te laisse, là.

Il repose le combiné d'une main fébrile et se compose un sourire forcé.

– Ça va, ma fille ?

Solana prend un air contrit.

– J'ai un truc à te dire, papa… Je me suis engueulée avec le prof de gym. Il a traité d'espingouin un garçon de la classe…

– Quel connard, ton prof ! s'agace José, soulagé de ne pas être questionné sur l'échange qu'il vient d'avoir au téléphone.

– C'est exactement ce que je lui ai dit. Mais ça me vaut un conseil de discipline vendredi.

– Ah non, pas vendredi ! Je voulais justement t'emmener choisir ton cadeau d'anniversaire. Dix-sept ans, ça se fête !

Tous deux échangent un regard complice. José caresse la joue de Solana.

– Je préfère avoir une fille révoltée qu'une sainte-nitouche. Et puis on a tous fait des conneries dans la vie.

Il la prend dans ses bras et lui dépose un baiser sur le front.

– Viens, on va faire un tour à moto. Tu pourras la conduire, si tu veux.

Au même moment, Caroline arrive à Mobylette non loin du Chez Micheline. Elle aperçoit son père, de retour du boulot. Elle ralentit à sa hauteur.

– Ça va, papa ? Dis-moi, je voulais te dire un truc...

Henri relève le bord de sa casquette et considère sa fille avec curiosité.

– Toi, je te vois venir. C'est grave, le truc ?

– Pas trop... Enfin, un peu. Je passe en conseil de discipline vendredi.

– Ah...

– Pourtant, je te jure, j'ai rien fait ! C'est le prof de gym qui a commencé à gerber sur les mineurs...

– Ne me raconte pas de salades. Dis-moi plutôt ce que tu risques.

– Pas grand-chose, mais c'est chiant.

Henri s'arrête un instant pour réfléchir.

– Et tu ne veux pas le dire à ta mère, c'est ça ?

Caroline lui adresse un grand sourire, comme une petite fille qui aurait renversé son bol de chocolat sur sa robe toute neuve.

– Oui, je préférerais que ce soit toi. Sinon, je vais avoir droit aux reproches habituels. Aujourd'hui, je n'ai pas le courage.

Quand ils entrent dans le bistrot, Caroline salue sa mère de loin et monte sans attendre se réfugier à l'étage, dans l'appartement familial. Henri prend son courage à deux mains avant d'aller annoncer la mauvaise nouvelle à Micheline.

*

*   *

La nuit est tombée sur Chambries. Face au miroir de sa chambre, Alma finit de se préparer pour sortir. L'élégance de sa tenue contraste avec la tristesse de son visage. Enfin prête, elle rejoint son père dans la cuisine où, à peine rentré de la mine, il s'active déjà à la préparation du dîner.

Elle lui caresse la joue, que la fatigue physique a creusée.

– Tu n'en as pas marre d'être une taupe s'épuisant à trimer sous terre ?

Il grimace plus qu'il ne sourit.

– J'ai l'habitude. Depuis l'âge de quatorze ans. Mais je vais bientôt arrêter.

– La retraite, c'est pas tout de suite, papa.

– J'arrêterai avant la retraite. Peut-être même dans une semaine. Ou un mois.

– C'est ça, oui ! rétorque Alma, incrédule.

Paul remarque que sa fille s'est mise sur son trente et un. Il recule d'un pas pour mieux la contempler.

– Tu y vas maintenant ? lui demande-t-il.

Alma baisse les yeux en signe d'acquiescement.

– Pourtant, je n'en ai aucune envie, soupire-t-elle.

– Je sais, mais il le faut. C'est là-bas que ta mère habite maintenant.

Résignée, Alma embrasse son père, referme la porte de la maison et entreprend un long chemin qui doit la mener jusqu'à la ville haute de Chambries, là où se trouve le quartier résidentiel. À mesure qu'elle s'éloigne de chez elle, les corons se font plus rares, remplacés par des maisons de maître, vastes et opulentes.

D'une démarche hésitante, Alma s'approche de l'une d'elles, la plus majestueuse.

Elle découvre un hôtel particulier en pierres de taille entouré d'une imposante grille en fer forgée. Plusieurs berlines stationnent dans la cour pavée.

Plutôt que de se diriger directement vers la porte d'entrée, Alma s'approche des grandes fenêtres du salon. De là, elle peut observer en toute discrétion la trentaine de convives qui participent à la réception donnée par Vilson en l'honneur de Valérie, sa nouvelle compagne. Coupes de champagne à la main, des femmes en robe du soir et des hommes en costume sombre devisent agréablement. Des serveurs en gants blancs s'affairent derrière le buffet. Un jeune garçon et une adolescente bien mis circulent dans le salon pour proposer des amuse-gueules.

Soudain, Alma aperçoit sa mère, vêtue d'un magnifique chemisier en soie, les cheveux ramenés en chignon. Très à l'aise parmi ses invités, elle pousse de groupe en groupe un homme plus âgé qu'elle, assis sur un fauteuil roulant. Alma ne l'avait jamais vu auparavant. Elle suppose qu'il s'agit de Vilson, celui pour lequel Valérie a abandonné le domicile familial. Cette vision d'une mère si rapidement reconvertie en maîtresse d'une autre maison révolte

Alma. Submergée par un chagrin irrépressible, elle tourne les talons et repart en sens inverse.

Paul ne s'attendait pas à ce que sa fille rentre si rapidement. Après son départ, il avait entrepris de briquer la cuisine avec l'énergie farouche de celui qui veut faire le vide dans sa tête. Alma le surprend en train de frotter une porte de placard avec une éponge. Elle se laisse tomber sur une chaise.

– Je n'ai pas pu y aller, papa. Je lui en veux, si tu savais…

Paul essore son éponge dans l'évier.

– Enterre ta colère : tu verras, ça va passer.

Elle plisse le front.

– C'est ce que tu as fait toute ta vie, papa : enterrer tes colères au fond de toi. Et à la fin, tout passe. T'en veux à personne…

Attristée par le fatalisme de son père, Alma va s'enfermer à double tour dans sa chambre. Incapable de réagir, Paul s'essuie les mains sur un torchon. De la cuisine, il entend sa fille pleurer à chaudes larmes. Après un long moment d'hésitation, il renonce finalement à aller la consoler : les mots lui manqueraient.

Tandis qu'Alma s'isole dans la quiétude de sa chambre, Solana entre Chez Micheline, où l'ambiance est bruyante et chaleureuse. Le volume du juke-box est poussé au maximum. Au fond de la salle, Henri est engagé dans une partie de cartes acharnée.

Solana passe devant le bar, envahi par les clients.

– Je viens voir Caro, dit-elle à Micheline.

– C'est ça ! répond la patronne, sans cacher sa réprobation. Vous préparez votre conseil de discipline ?

– Non, le bac, je vous assure.

– D'accord, mais ne restez pas des heures là-haut.

Solana lui adresse un sourire, puis gravit l'escalier qui mène à l'étage. Quand elle entre dans la chambre, elle voit Caroline, munie d'une paire de ciseaux, découper la photo d'une robe de mariée dans un magazine de mode.

– Regarde, dit-elle à Solana, j'ai trouvé un modèle pour le concours.

– Pas mal… Et la traîne ?

– On en ajoutera une.

– Faudrait d'abord trouver le tissu.

– J'ai un plan, assure Caroline. Dix mètres de coton blanc.

– Gratos ?

– Mon père nous aidera.

Solana s'assied sur le lit à côté de sa copine.

– Au fait, ça a gueulé chez toi pour le conseil de discipline ?

– Moyen... Et toi ?

– Mon père était ravi, se réjouit Solana. C'est incroyable ! Tu sais que, parfois, je me demande s'il n'est pas un peu... un peu inconscient.

La porte de la chambre s'ouvre brusquement. Henri passe la tête dans l'entrebâillement.

– Ta mère te demande au service !

Caroline pousse un long soupir avant de se décider à descendre en salle. D'un pas lourd, elle emprunte l'escalier, suivie de Solana. Henri, qui s'est déjà rassis avec ses partenaires de cartes, l'intercepte.

– Apporte-nous quatre mousses, s'il te plaît !

– C'est de l'esclavage... râle-t-elle.

Voyant que le porion a fait son apparition dans le café, Henri lui adresse un grand signe de la main.

– Porion, viens voir !

Le contremaître, qui porte une casquette et une épaisse veste en cuir, s'approche de la table.

– Je te signale que j'ai un nom...

Henri fait comme s'il n'avait pas entendu la remarque.

– Vendredi, je voudrais descendre avec l'équipe de jour.

– Fais-toi remplacer.

L'un des joueurs de cartes intervient.

– On peut échanger, si tu veux. Je suis de jour sur la bowette 2, et la nuit, à part m'astiquer le kiki, j'ai rien à faire !

Le porion hoche la tête en signe d'approbation et s'éloigne vers une autre table. Il croise Caroline, revenue du comptoir avec quatre chopes de bière. Elle les dépose devant chacun des joueurs. Comme Henri remarque qu'elle fait la tête, il se lève de sa chaise et l'entraîne à l'écart.

– Je vais te dire un secret, lui murmure-t-il. Vendredi, je suis sûr de gagner le gros lot.

– Pourquoi vendredi ?

– Tu verras... Après, tu auras tout ce qu'il faut pour t'occuper de mode à Paris. On pourra même racheter le bistrot aux Houillères, si on veut !

Caroline écarquille les yeux. La promesse de pouvoir bientôt réaliser son rêve la met en joie. Dans un élan de gratitude, elle saute au cou de son père.

*

* *

Vendredi matin, devant l'entrée du lycée de Chambries, José vient garer sa moto à proximité d'un groupe d'élèves qui s'apprêtent à commencer leur journée de cours. Solana, la mine grave, descend de l'engin et tend son casque à son père.

– Je te raconterai ce soir, lui dit-elle d'une petite voix.

– Tu crois qu'ils peuvent t'exclure dès aujourd'hui ?

– Je ne sais pas, c'est mon premier conseil de discipline.

– Le jour de ton anniversaire, en plus ! T'as choisi le bon moment !

Solana embrasse son père puis franchit la grille du lycée. À l'étage des services administratifs, elle retrouve Caroline, tout aussi intimidée qu'elle.

– T'as la trouille ? interroge Solana.

– À mort… Je ne sais même pas si j'aurai le courage de l'ouvrir.

– T'inquiète pas, je le ferai, moi.

Un silence pesant accueille les deux copines quand elles entrent dans le bureau de la proviseure. Autour d'une grande table, ont pris place le prof de gym ainsi que quatre autres enseignants. La proviseure, qui assure la présidence du conseil, invite Caroline et Solana à s'asseoir.

– Mesdemoiselles, dit-elle en guise d'introduction, si vous êtes convoquées devant le conseil de discipline, c'est parce que votre professeur de gymnastique, ici présent, vous accuse d'insolence à son égard.

– On a seulement dit, intervient Solana, que la gymnastique, c'était un petit coefficient au bac. Tout le monde le sait.

Outré, le prof la coupe.

– Non, vous m'avez insulté.

– Comment ? s'énerve Solana. Dites-nous, qu'on comprenne !

Mal à l'aise, le prof sollicite du regard l'appui des autres enseignants présents, qui se détournent de lui.

– Vous avez dit que c'était *moi* qui avais un petit coefficient.

– Et comment on pourrait le savoir ? réplique ironiquement Solana.

Une enseignante, qui se pince les lèvres pour ne pas rire, prend la défense des deux filles.

– Tout ça ne me paraît pas très grave...

– Sauf que ce n'est pas la première fois, réplique la proviseure, que mademoiselle Alcantara se manifeste de cette façon un peu...

intempestive. On se demande pourquoi elle se comporte de cette façon.

– Ça me regarde !

– Bien... conclut la proviseure, agacée par le ton véhément de Solana. Inutile de poursuivre cette discussion, le conseil de discipline va maintenant délibérer. Attendez-nous dehors, je vous prie.

Les deux amies se retirent et allument aussitôt une cigarette. Tandis que Caroline paraît paralysée par la peur d'une sanction, Solana bout d'impatience.

Cinq minutes plus tard, elles sont de nouveau introduites dans la salle du conseil. Les enseignants présents les regardent, certains froidement, d'autres avec une sympathie à peine dissimulée. Les deux filles n'en mènent pas large.

La proviseure prend la parole.

– Le conseil a décidé de vous sanctionner légèrement, afin de ne pas perturber votre préparation au baccalauréat... Mademoiselle Moriot, vous recevez un avertissement. Quant à vous, mademoiselle Alcantara, vous êtes exclue huit jours.

Ne parvenant pas à maîtriser sa colère, Solana s'emporte.

– Mais c'est dégueulasse !

La proviseure se lève brusquement de sa chaise.

– Gardez vos appréciations pour vous !

– J'ai le droit de me défendre ! Vous me collez huit jours parce qu'on a dit au prof de gym qu'il ne comptait pas au bac ! Mais c'est une réalité, ça ! On s'en fout, de la gym !

Elle pointe un index accusateur en direction du prof.

– Même lui, il s'en fout. Sinon, il ferait de meilleurs cours. Tous les élèves vous diront la même chose que moi !

Tout en bredouillant des excuses à l'intention de la proviseure, Caroline parvient à pousser Solana vers l'extérieur de la pièce. Quand ils entendent la porte claquer, les membres du conseil de discipline échangent des regards embarrassés.

Au moment où Caroline et Solana apprennent la sanction que le conseil de discipline leur a infligée, une trentaine de mineurs en bleu de travail se rassemblent dans une grande salle. Parmi eux, on aperçoit José, Paul et Henri, qui se tiennent chacun dans un coin d'ombre, le visage crispé. Le porion, casque à la main, se présente devant eux. Un plan de puits et de galeries est accroché au mur derrière lui.

– Aujourd'hui, déclare-t-il en désignant une zone sur le plan, on descend fermer la fosse 6. On laissera le soutènement provisoire, on récupérera les étançons et les cadres métalliques. Je ne veux aucun abatteur, aucun chef de taille sur place. Chacun à son poste.

Mariano, le délégué syndical, prend la parole.

– Si les Houillères condamnent la fosse 6, ça veut peut-être dire que d'autres secteurs vont bientôt fermer.

– Je n'en sais rien, je ne suis pas la direction, moi !

Pour faire taire les protestations des mineurs, le porion leur donne l'ordre de vérifier leur lampe frontale, d'enfiler leur casque et d'aller se poster devant l'entrée de la « cage ». Ils y pénètrent par groupes compacts. Les portes grillagées se referment. Une sonnerie retentit. L'ascenseur plonge à grande vitesse dans les profondeurs de la mine. José, Paul et Henri échangent à distance des regards furtifs.

Arrivée à destination, la « cage » recrache les mineurs dans une galerie sombre. Ils s'emparent de leurs outils, entreposés dans un coffre à matériel, puis progressent vers le fond d'un boyau. Sans qu'ils aient eu besoin d'échanger une seule parole, José, Paul et Henri se laissent distancer par le reste de l'équipe. D'un même mouvement, ils s'accroupissent derrière un wagonnet rempli de charbon. Lorsque les autres mineurs ont disparu dans la pénombre, ils rebroussent chemin et bifurquent dans une galerie perpendiculaire.

– Vous croyez que les cailloux sont toujours là-bas ? interroge Paul.

– Le grisou les protège, répond José.

Après avoir emprunté des passages de plus en plus étroits, les trois hommes atteignent une cloison en bois portant l'inscription « Porte d'aérage ». Ils la franchissent et la referment derrière eux. Sans qu'ils s'en aperçoivent, le panneau qui occupe le centre de la cloison coulisse vers le bas, permettant à l'air de s'échapper.

À l'intérieur du boyau, Paul dépose à ses pieds une lampe sous cloche où brûle une flamme indiquant le niveau de grisou.

– Attends-nous ici, lui dit José. Et garde l'œil sur la lampe, on ne sait pas ce qui nous attend.

– Si la flamme monte trop, ajoute anxieusement Henri, tu nous préviens immédiatement.

Tous deux continuent à avancer vers le fond de la galerie, jusqu'à ce qu'apparaisse une excavation dans la paroi.

– C'est là, annonce Henri.

Il s'allonge sur le sol charbonneux et rampe dans la cavité. José le suit.

À l'arrière, Paul constate que la flamme de sa lampe monte dangereusement.

– Les gars, il y a du grisou ! lance-t-il, les mains en porte-voix.

Mais ses deux compagnons, qui tentent péniblement de déblayer le charbon pour se frayer un passage, n'entendent pas son appel.

Comme la flamme de la lampe ne cesse de grandir, Paul s'affole.

– Il y a trop de grisou !

Soudain, il perçoit un sifflement inquiétant.

– On ne peut pas rester là ! hurle-t-il, pris de panique. Revenez !

Cette fois, Henri et José ont entendu l'alerte. Ils abandonnent en catastrophe leurs outils et rampent à reculons. La terreur se lit dans leurs yeux.

À peine se sont-ils extirpés de l'excavation qu'une violente explosion déchire la galerie. La boule de feu qui l'accompagne dévaste tout sur son passage.

L'écho de la déflagration se propage jusqu'au lycée de Chambries, dont les murs tremblent. Un panache de fumée surgit peu après du chevalement de la mine. Dans la cour, où les élèves sont rassemblés, les regards se figent. Chacun sait combien un coup de grisou peut être meurtrier.

Caroline et Solana se prennent la main en un réflexe d'effroi. Alma, poussée par un funeste pressentiment, s'élance vers la sortie. Les autres élèves se précipitent derrière elle.

– 2 –

Le chaos s'est emparé des rues de Chambries. Alertés par les sirènes d'alarme qui hurlent depuis les chevalements, des dizaines d'hommes, de femmes et d'enfants accourent vers l'entrée de la mine. Des ambulances et des fourgons de gendarmerie foncent dans la même direction, gyrophares tourbillonnants. Tandis que la foule s'amasse derrière les grilles closes, les véhicules de secours pénètrent à l'intérieur du site.

Les mineurs qui s'apprêtaient à prendre leur service se ruent vers les « cages » pour venir en aide à leurs collègues. Quand elles remontent à la surface, des hommes apeurés et suffocants en sortent avec difficulté. Les uns s'accroupissent en expulsant la poussière qui encombre leurs poumons, d'autres sont allongés sur des civières. Les plus valides vont rejoindre leurs proches qui les attendent derrière les grilles. On s'embrasse, on pleure, on demande des nouvelles d'un mari ou d'un père. Comme tant d'autres, Alma, Solana et Caroline scrutent le retour des rescapés. Micheline, submergée par l'anxiété, se blottit contre sa fille.

À l'entrée du bâtiment principal, le directeur de la mine, en costume et cravate, lance des ordres aux secouristes. Il intercepte le porion qui se présente devant lui, le visage noirci et les yeux hagards.

– Que s'est-il passé ?

– Un coup de grisou dans la fosse 6... En aval du niveau – 70, dans le secteur de la taille 31.

– Je vais descendre, annonce le directeur, conscient de la gravité de l'accident.

Tandis que des renforts sont dépêchés au fond de la mine, une insoutenable attente commence pour les familles. Par intermittence, de nouveaux groupes de rescapés les rejoignent à l'extérieur. Micheline, Caroline, Solana et Alma les dévisagent avec désarroi. Mariano, le délégué syndical, et plusieurs de ses camarades se regroupent autour d'elles pour les soutenir dans l'épreuve.

Les heures s'écoulent ainsi jusqu'à la tombée de la nuit, dans une attente angoissée. De puissants projecteurs installés à la hâte éclairent d'une lumière blafarde l'entrée du puits. Régulièrement, les secouristes remontent de la mine des blessés, entretenant l'espoir des familles. Des ambulances, dont les gyrophares dessinent un halo tragique, les conduisent aussitôt vers l'hôpital de Chambries.

De retour du puits, le directeur réunit le porion et les équipes de secouristes pour dresser un premier bilan du coup de grisou.

– Il en manque trois, se désole le porion après avoir pointé une liste de noms : Moriot, Alcantara et Taro.

– Qu'est-ce qu'ils foutaient dans ce quartier ! s'emporte le directeur.

Le porion baisse les yeux en signe d'incompréhension.

– Je ne sais pas. Ils n'auraient pas dû y être.

– Vous avez contrôlé, au moins ?

– Bien sûr ! Mais si des types décident de s'écarter, qu'est-ce que vous voulez que je fasse ?

– Votre boulot, mon vieux !

Un homme casqué, qui vient de remonter du fond, accourt vers eux, le visage défait.

– On les a retrouvés, murmure-t-il. Dans la fosse 6. Il n'y a plus rien à espérer. Voici leurs numéros de lampe.

Il les donne au porion, qui les compare à ceux figurant sur sa liste des noms.

– C'est bien eux, dit-il d'une voix blanche.

Son regard, accablé, se tourne vers les grilles, où des dizaines de Chambriens entourent toujours Micheline, Caroline, Solana et Alma. En messager d'une terrible nouvelle, il s'avance vers le groupe. Le directeur lui emboîte le pas. Mais ils n'ont nul besoin de parler pour que les filles comprennent : les trois mineurs qui manquent à l'appel ont perdu la vie. Elles sont frappées de stupeur.

– On veut les voir ! enrage Solana.

– Suivez-nous, lui répond le directeur. Nous allons bientôt ramener les corps.

Micheline et les trois filles sont conduites dans un bureau dont les fenêtres donnent sur l'entrée du puits. Plusieurs mineurs les accompagnent, dont Mariano et Didier, le fils du porion. On leur apporte des boissons chaudes. Voyant qu'Alma reste seule à l'écart, Caroline vient à sa rencontre et lui propose une tasse de café. Bien qu'étant condisciples depuis le début de l'année scolaire, c'est la première fois qu'elle lui témoigne une marque d'amitié.

Une heure plus tard, des secouristes épuisés ressortent des ascenseurs. Ils transportent trois corps sur des brancards, qu'on a enveloppés dans des couvertures.

– Mon Dieu ! s'exclame Micheline, en larmes.

Les secouristes entrent dans la pièce en compagnie du directeur et du porion. Ils déposent les civières devant les familles.

– N'enlevez pas les couvertures, dit le directeur. Je vous en prie…

Alma se retient de pleurer, le poing sur la bouche. Caroline se prend la tête dans les mains. Elle repousse brutalement Didier qui tente de la consoler.

– On est sûrs que c'est eux ? demande Alma dans un ultime sursaut d'espoir.

Comme le directeur le lui confirme d'un hochement de tête, elle s'agenouille auprès du corps de son père. Le porion s'approche de Solana, statufiée par la colère.

– Ils étaient dans un coin où ils n'avaient rien à faire, se justifie-t-il. Je ne sais pas pourquoi. Je ne les ai pas vus partir…

Solana redresse la tête et le regarde durement.

– Vous êtes un assassin, assène-t-elle.

Elle se tourne vers le directeur. Sa voix enfle.

– La direction de la mine est responsable !

L'homme tente de calmer sa fureur.

– Les Houillères vous soutiendront, mademoiselle. Nous…

– Vous êtes tous des assassins ! le coupe-t-elle en hurlant. Des assassins !

Elle éclate en sanglots, puis s'enfuit en courant. L'assistance est sonnée par la violence de sa réaction.

Le porion baisse la tête.

– Il faut la comprendre, confie-t-il au directeur, elle n'avait que son père.

À l'entrée de la salle, apparaît une silhouette fantomatique vêtue de noir : Valérie, la mère d'Alma. Elle rejoint sa fille, agenouillée au chevet du corps sans vie de son père. Elle pose sa main sur l'épaule d'Alma, qui cède aux larmes puis s'abandonne à ce geste de tendresse maternelle.

Quelques jours après le terrible coup de grisou, un cortège mortuaire parcourt les rues de Chambries. Les mineurs ont revêtu leur plus belle tenue de travail. Casque sur la tête, ils emmènent leurs trois camarades jusqu'à leur dernière demeure. Les filles se tiennent côte à côte dans le sillage des cercueils. Micheline et

Valérie, dévastées par le chagrin, les accompagnent.

Le cortège pénètre en silence dans le cimetière de Chambries et se dirige vers le lieu d'inhumation. Les mineurs se déploient pour former une garde d'honneur autour des tombes, accolées les unes aux autres. Un curé, entouré de ses enfants de chœur, apparaît face à la foule et entame son sermon funèbre. D'abord recueillie, Solana se crispe vite en l'entendant invoquer la miséricorde du Tout-Puissant.

– Ainsi soit-il, conclut le curé, puisque Dieu l'a voulu… Reposez en paix, Henri, Paul et José. Nos larmes vous accompagnent, mais nous garderons de vous le souvenir intact d'hommes de devoir et de paix…

– Mon père n'en avait rien à foutre, de Dieu ! lâche Solana entre deux sanglots.

Un murmure d'incrédulité parcourt l'assistance. Faisant comme s'il n'avait pas entendu, le curé bénit les disparus puis se recule pour laisser officier les fossoyeurs. Ils se saisissent des cercueils pour les mettre en terre. Cela fait, les Chambriens viennent chacun à leur tour présenter leurs condoléances à Micheline, Valérie et aux trois filles. Arrivent le porion, son fils et le directeur de la mine. Le porion tend la main à Caroline qui la refuse en le fixant droit dans les yeux, glacée. Il quitte le groupe, suivi de Didier et du directeur, qui a sagement renoncé à saluer les familles.

Les funérailles terminées, les proches des défunts se rassemblent au Chez Micheline dans une ambiance sinistre. On lève les verres à la mémoire des trois mineurs.

Alma et sa mère, à qui personne n'adresse la parole, s'isolent à une table au fond du bistrot. Micheline, les larmes aux yeux, fait tourner les bouteilles avec l'aide de sa fille. Adossée au bar, Solana semble hébétée.

– Où je vais vivre, maintenant ? s'interroge-t-elle.

– Les Houillères te laisseront dans la maison de ton père, la rassure Mariano. Ce ne sont pas des chiens…

– C'est toi, un délégué syndical, qui me dit ça ? Ils s'en foutent de nous, les Houillères. Quarante-deux morts à Liévin l'an dernier, trois chez nous aujourd'hui : ça ne te suffit pas ?

– Le parquet va ouvrir une information judiciaire, plaide Mariano. On connaîtra la vérité, comme à Liévin.

La porte s'ouvre alors sur Didier, le fils du porion. Tous les regards convergent dans sa direction, les uns bienveillants, les autres hostiles. Il reste un instant immobile sur le seuil de la porte, ne sachant s'il doit entrer ou partir.

Caroline jaillit de derrière le bar et fond sur lui.

– Tu n'as plus rien à faire ici ! Ni toi ni ton père.

Le jeune homme reçoit la pique en plein cœur. Bien qu'humilié d'être rejeté par les siens, il préfère rebrousser chemin en marque de respect pour le deuil des familles. Mal à l'aise, les mineurs le regardent silencieusement partir.

À ce moment-là, une belle voiture vient se garer devant le café. Valérie, qui l'a vue arriver, prend sa fille par l'épaule.

– Viens, on s'en va.

Alma se lève à regret, honteuse de devoir traverser la salle avec sa mère. Sur leur passage, elles entendent les remarques désobligeantes des mineurs, qui reprochent à Valérie d'avoir abandonné son mari pour rejoindre Vilson dans les beaux quartiers de la ville.

Les deux femmes montent à bord de la voiture, qui disparaît au loin.

*
* *

La voiture de Vilson, que conduit l'un de ses employés, traverse les corons grisâtres de Chambries en direction de la ville haute. Alma, qui n'a pas connu d'autres paysages depuis sa naissance, les observe avec tendresse.

– C'est ici chez moi, dit-elle à sa mère. Je préférerais rester dans la maison de papa.

– Toute seule ? s'étonne Valérie. C'est impossible. Tu dois mettre toutes les chances de ton côté pour le bac. C'est ce qu'aurait dit ton père.

– Maman, s'il te plaît, ne parle pas de papa.

– Pourquoi ? Je suis restée presque vingt ans avec lui.

– Tu les as effacés en une semaine à peine. Papa, il est dans ta tête. Moi, il est dans mon cœur.

La voiture se gare dans la cour pavée de la maison de Vilson. Valérie et Alma y sont accueillies par une gouvernante qui les débarrasse de leurs manteaux. Alma découvre l'intérieur d'une maison de famille encombrée d'imposantes armoires, de collections d'assiettes accrochées aux murs, de napperons et de dentelles. Tout lui semble lourd et oppressant.

Depuis la rambarde ouvragée du grand escalier, une jeune fille et un garçon considèrent avec curiosité la nouvelle venue. Valérie se charge des présentations.

– Voici Alma, ma fille. Alma, voici Jennifer et Thomas Vilson. Ils ont quinze et dix ans.

Thomas, l'air espiègle, se dandine en fixant Alma.

– Ça fait quoi, de perdre son papa ? lui demande-t-il sans aucune malice.

– Ça fait très triste, lui répond Alma, intriguée par la spontanéité du garçon.

– Thomas ! le réprimande gentiment Valérie, on t'a déjà dit de pas parler de ça.

– Tu joues au football ? poursuit-il, indifférent au rappel à l'ordre.

Jennifer, horripilée par son frère, lui donne une tape sur la tête.

Après avoir emprunté l'escalier qui grimpe à l'étage, Valérie montre à Alma la chambre qui lui est attribuée. Le décor est aussi cossu et suffocant que dans les salons du bas. Un petit bouquet de fleurs est posé sur la table de nuit.

– On l'a préparée spécialement pour toi, s'enthousiasme Valérie. Regarde comme elle est belle ! Tu seras bien ici.

Alma observe les lieux. Elle n'avait jamais vu une chambre aussi vaste.

Valérie lui prend le bras.

– Allons voir ton… ton beau-père.

D'un bloc, Alma se tourne vers elle.

– Mon quoi ?

– Georges… bredouille Valérie. Tu verras, il est très content de te recevoir.

– Me recevoir… Tu as de ces mots !

– Écoute, Alma, rétorque Valérie en se tordant les mains, ce n'est pas très facile pour moi non plus. Quand on n'est pas à l'aise, on ne trouve pas ses mots.

– Tu l'as connu avant son accident ?

– Oui, longtemps avant ton père.

– Pourquoi tu l'as revu ?

– Il a passé une petite annonce. Il cherchait une infirmière pour lui faire des piqûres contre les douleurs.

– Tu étais amoureuse de lui ?

– Oui… concède Valérie dans un souffle. Viens, je vais te le présenter.

Elles redescendent au rez-de-chaussée et entrent dans le bureau de Vilson. Assis sur un fauteuil roulant, il est en grande discussion avec le rédacteur en chef de son journal. Ils parlent de l'article consacré aux obsèques des trois mineurs.

– Georges… l'interrompt poliment Valérie.

Vilson fait pivoter son fauteuil roulant.

– Je ne vous avais pas entendues ! lance-t-il, un grand sourire aux lèvres.

Il contourne habilement son bureau et s'avance vers ses visiteuses en tendant une main franche.

– Bonjour Alma !

Surprise par l'amabilité de Vilson, elle lui serre la main.

– Évidemment, dit-il, j'aurais préféré faire votre connaissance dans des circonstances moins… tragiques. Mais sachez que vous êtes la bienvenue chez nous. Cette maison est la vôtre dorénavant.

– Merci…

– Méfiez-vous cependant de ma fille Jennifer, elle est un peu jalouse. Et n'écoutez pas trop mon fils : il est aussi gaffeur que son père.

– Tu exagères ! plaisante Valérie.

– On se voit au dîner, conclut Vilson.

Alma remonte seule dans sa chambre, où la gouvernante a déposé sa valise. Elle l'ouvre et en sort une photo de son père, prise peu de temps avant son décès.

– Là, confie-t-elle au portrait, je suis dans une maison que je ne connais pas. Mais je te promets, papa, que je reviendrai souvent chez nous pour m'occuper du jardin.

Elle embrasse la photo, qu'elle place délicatement sur la table de nuit à côté du bouquet de fleurs. La porte de la chambre s'ouvre alors, laissant apparaître la tête de Thomas. Sans y être invité, il se faufile dans la pièce.

– T'es contente d'être chez nous ? demande-t-il à Alma.

– Mais oui !

Thomas s'assied sur le lit.

– Tu sais qu'on est pareils ? Toi, t'as plus de papa. Moi, j'ai plus de maman.

– Elle est partie, ta maman ?

– Oui, au ciel. Quand papa a eu son accident, elle était avec lui dans la voiture.

Alma, qui ignorait cette circonstance dramatique, s'approche de Thomas pour lui caresser les cheveux. Indifférent à son geste, il passe du coq à l'âne.

– Tu connais des histoires drôles ?

– Non, pourquoi ?

– Parce que tu verras, ici, c'est très triste. Regarde...

Il se concentre trois secondes et commence à pleurer. Touchée par sa peine, Alma s'apprête à le consoler. Mais il relève brusquement la tête en affichant un large sourire.

– Mais non, c'est une blague ! À dix ans, je ne pleure plus pour de vrai !

Cela dit, il se lève et s'enfuit de la chambre. Alma reste interloquée par l'étrange comportement du garçon dont elle va devoir désormais partager l'existence.

*
* *

Devant l'hôpital de Chambries, Solana béquille l'Ossa de son père puis, comme elle le fait presque quotidiennement depuis des années, entre dans le bâtiment.

– Bonjour maman, dit-elle d'un ton qui s'efforce d'être léger quand elle la retrouve dans la chambre.

Sa mère, toujours murée dans le silence, ne répond pas. Solana s'assied sur un siège face à elle et lui prend tendrement les mains. Son visage devient grave.

– Maman, il faut que je te dise quelque chose de très difficile. Je vais bien te regarder dans les yeux. Si tu comprends mes paroles, je veux que tu clignes des paupières. Même un petit peu. D'accord, maman ?

Sa mère reste désespérément inexpressive. Solana rassemble ses forces avant de poursuivre.

– Voilà : papa a eu un accident. Il est mort… Papa est mort.

D'un regard intense, Solana fixe sa mère. Mais elle ne cille pas, aucun muscle de son visage ne bouge. Des larmes perlent aux yeux de Solana.

– Maman ! Maman, je t'en supplie, j'ai besoin que tu me répondes. Ne me laisse pas toute seule ! Tu ne te rends pas compte !

La plainte déchirante de Solana n'y change rien : sa mère n'est plus de ce monde, définitivement.

– Je vais rester un peu avec toi. Je vais te parler de lui. Après tout, ça fait longtemps que tu ne l'as pas vu. Tu as oublié comment il était. C'était un sacré bonhomme, ton mari, maman...

Solana sèche ses larmes et tente de sourire.

– Et aussi, il faut que je te dise quelque chose. Quelque chose que papa aurait adoré : Franco est mort cette nuit, ils l'ont dit à la radio. Tu te rends compte, l'Espagne va se débarrasser de la dictature.

Face à l'immobilité glaçante de sa mère, Solana expulse un long soupir de découragement. Lentement, elle se lève de sa chaise et quitte la chambre à reculons. Désespérée, elle s'enfuit dans les couloirs de l'hôpital. Dehors, elle enfourche l'Ossa de son père et démarre sur les chapeaux de roue.

La moto pile devant Chez Micheline, le seul endroit où Solana sait qu'elle trouvera le soutien moral dont elle a tant besoin. Quand Caroline la voit entrer la mine défaite, elle se précipite pour la prendre dans ses bras. Micheline considère affectueusement les deux orphelines, plus solidaires que jamais. Toutes les trois s'abîment dans une tristesse commune. Micheline, les yeux dans le vague, inspire profondément.

– Je ne pensais pas que mon Henri occupait tant de place.

– Pourtant, tu t'en plaignais souvent, maman… Tu lui disais qu'il était trop là.

– Mais je ne le pensais pas… C'était comme un jeu. Et maintenant, je sais bien que le vide, c'est plus lourd que le plein. Ça me tue !

Comme Mariano s'approche pour parler avec Micheline, Caroline propose à Solana de monter dans sa chambre où elles pourront partager leur vague à l'âme.

– Tu sais, demande le délégué syndical, qu'un juge d'instruction a été nommé ?

– On me l'a dit, oui. C'est une femme.

– Les ingénieurs du service des mines sont sur le coup. Ils vont faire une enquête et remettront leurs conclusions au procureur de la République.

Un peu honteuse, Micheline baisse les yeux.

– J'ai un autre souci, Mariano. Il n'y a qu'à toi que je peux me confier. Voilà : je vais être obligée de faire un emprunt pour le bistrot.

Mariano, préoccupé, se penche vers Micheline.

– Je viens de m'apercevoir qu'il y a un gros trou dans la caisse. Henri piquait dedans et moi, comme une idiote, je fermais les yeux. Maintenant, je suis prise à la gorge.

– On sera toujours là pour t'aider, tente de dédramatiser Mariano. Pour commencer, tu pourrais augmenter le prix des consos. Plus dix pour cent, on ne t'en voudra pas.

– Je ne vais pas vous faire ça ! Entre pauvres, on ne vole le pain.

En signe de gratitude, Mariano lève son verre et annonce aux clients présents qu'il offre une tournée générale. La proposition est chaleureusement accueillie par l'assistance.

Au-dessus, les deux filles ont ressorti du placard les tenues du défilé de mode qu'elles avaient organisé dans le café quelques jours avant l'accident de la mine. Solana glisse dans le tourne-disque le quarante-cinq tours de Philippe Lavil, *Avec les filles je ne sais pas*, et se déhanche tel un mannequin sur un podium. La voyant faire, une idée traverse l'esprit de Caroline.

– Je reviens tout de suite, dit-elle en quittant précipitamment la chambre.

Elle déboule dans le café, où Micheline aligne les verres sur le comptoir pour servir la tournée offerte par Mariano.

– Maman, tu sais où elle est la caméra de papa ?

– Quelle caméra ? demande Micheline, très gênée.

– Celle que tu lui as offerte pour son anniversaire. Je voudrais faire développer son dernier film. Celui de notre défilé.

Micheline suspend ses gestes.

– Je comprends, oui... Mais le problème, c'est que la caméra, je l'ai vendue au photographe de Chambries.

– Mais c'est nul, maman ! réagit Caroline, outrée. Dedans, il y avait le dernier film de papa. Notre défilé !

Micheline lui fait signe de s'approcher pour que les clients du bistrot n'entendent pas leur conversation.

– Je l'ai vendue parce qu'il fallait bien payer l'enterrement.

– Et on ne pouvait pas ?

– Non, on ne pouvait pas. Et même, ma petite fille, je peux te dire que je ne sais pas comment je vais régler le dernier terme du loyer aux Houillères.

– On n'a plus d'argent ? s'angoisse Caroline.

– Pratiquement plus...

Caroline dévisage sa mère. Un éclair de frayeur passe dans son regard.

*

*   *

Dans leur salle de cours, Alma, Solana et Caroline sont désormais assises côte à côte. Elles prennent studieusement des notes quand un appariteur en blouse bleue vient interrompre le corrigé du prof de philo.

– Mademoiselle Alcantara, déclare-t-il, vous êtes attendue dans le bureau de la proviseure.

Surprise, Solana se lève et rassemble ses affaires pour sortir. Alma et Caroline la regardent partir avec un mélange d'inquiétude et de curiosité.

Dans son bureau, la proviseure est flanquée d'une dame d'une cinquantaine d'années à la mise sévère.

– Mademoiselle Alcantara, commence la proviseure, je vous présente mademoiselle Fiffre, qui est assistante sociale. C'est elle, désormais, qui va s'occuper de vous.

– Mais je n'ai besoin de personne, répond Solana, sur le qui-vive.

– Vous êtes encore mineure, insiste la proviseure. Et votre maman n'est pas en état de…

Au grand soulagement de la proviseure, qui ignorait comment elle allait terminer sa phrase, l'assistante sociale l'interrompt.

– Je suis envoyée par la DDASS, car vous êtes trop jeune pour rester seule. Jusqu'à votre majorité, nous nous occuperons de vous. La DDASS a trouvé une école qui accepte de vous prendre en charge. Au moins jusqu'à vos dix-huit ans.

L'idée de s'éloigner de Chambries désespère Solana. Elle perdrait tout ce qu'elle a de plus cher au monde : sa mère, sa maison familiale et ses amies.

– J'ai dix-huit ans dans quelques mois, se cabre-t-elle. Je peux très bien continuer à vivre toute seule jusqu'à ce moment-là !

– L'établissement en question, précise l'assistante sociale, se trouve près de Roubaix. Ce n'est pas très loin d'ici.

– Et ça s'appelle comment ?

– Sainte-Thérèse. C'est un internat catholique pour jeunes filles.

Il n'en faut pas davantage pour que Solana sorte de ses gonds.

– C'est une blague !

– Mademoiselle, ça suffit ! la rappelle à l'ordre la proviseure.

Ne se contrôlant plus, Solana pointe un index accusateur dans sa direction.

– Vous, vous m'envoyez en conseil de discipline pour un rien, et après vous croyez que vous allez m'expédier chez les bonnes sœurs ? Ça va pas, la tête !

Hors d'elle, elle sort du bureau en claquant la porte. La proviseure et l'assistante sociale échangent un regard effaré.

Redescendue dans la cour de récréation, Solana rejoint à grands pas Caroline et Alma, qui fument une cigarette en attendant son retour.

– Les filles, c'est l'angoisse ! s'exclame Solana. Il y a une assistante sociale qui veut m'envoyer chez les nonnes. Jusqu'à ma majorité !

Ses deux copines sont abasourdies.

– C'est n'importe quoi ! s'insurge Caroline. Tu ne vas pas y aller !

– En même temps, tempère Alma, si c'est la loi, tu ne peux pas refuser.

– Je m'en fous ! bout Solana. Vous m'imaginez sérieusement chez les cathos ? Je ne sais même pas dans quel sens on se signe. En plus, mon père, il ne supporterait pas !

Elle lève les yeux au ciel comme pour solliciter l'approbation de son défunt père.

– Qu'est-ce que je vais faire, papa ? ajoute-t-elle pour elle-même.

*

*   *

Au palais de justice de Chambries, où elles pénètrent pour la première fois, Alma et Valérie sont introduites dans le bureau de la juge d'instruction chargée d'enquêter sur le coup de grisou. C'est une femme d'une soixantaine d'années à l'allure stricte, portant un tailleur lie-de-vin. Sa greffière, qu'on pourrait prendre pour sa sœur cadette tant elles se ressemblent, occupe un petit bureau perpendiculaire à celui de la juge.

Toutes deux écrasent leur cigarette dans un cendrier quand Alma et sa mère, un peu intimidées, prennent place face à elles.

– Je vous ai convoquées, explique la juge, en tant que famille de l'une des victimes. Je verrai également les autres familles, ainsi que tous les témoins présents sur la scène du drame. Je veux instruire rapidement cette affaire.

– C'est rare qu'il y ait une instruction dans un accident de la mine, hasarde Valérie.

– Non, répond la juge, ce n'est pas rare, mais on ne le sait pas toujours. Le problème, c'est que les charbonnages et leurs employés se retrouvent souvent du même côté de la barrière. Les mineurs se défendent rarement. Ils sont logés, soignés, payés par les Houillères. Ce statut particulier créé parfois des dépendances…

– C'est comme les marins en mer, commente Valérie. Parfois, il y a des noyades. On n'y peut rien.

Alma, furieuse d'entendre des propos aussi fatalistes dans la bouche de sa mère, s'adresse à la juge.

– Ce qui nous importe, c'est de savoir pourquoi mon père était présent dans un boyau qui aurait dû être sécurisé.

– Votre père et les deux mineurs qui l'accompagnaient… complète la juge. À ce propos, je vais vous poser une question qui a son importance : les trois hommes se connaissaient-ils ?

Étonnée, Alma se recule sur sa chaise.

– Non, pas du tout.

– Ils se sont certainement croisés, nuance Valérie. À la mine, tout le monde croise tout le monde. Mais pas plus.

– Les deux autres mineurs ne sont jamais venus chez vous ? insiste la juge. Pour dîner ou pour déjeuner…

– Jamais, l'interrompt Valérie.

La juge fixe Alma droit dans les yeux.

– Vous confirmez ?

– Oui, je le confirme : ils ne se fréquentaient pas.

– Très bien, dit la juge. Nous allons consigner par écrit votre déposition.

La greffière glisse une feuille de papier dans la machine à écrire. Lentement, la juge pose à nouveau les mêmes questions, auxquelles Valérie et Alma apportent strictement les mêmes réponses.

Au bout d'un quart d'heure, la greffière leur présente le procès-verbal, qu'elles signent avant de saluer la juge et de quitter son bureau.

– Pourquoi toutes ces questions sur les relations entre Paul et les deux autres ? s'interroge Valérie tandis qu'elle arpente avec sa fille les couloirs du palais de justice en direction de la sortie.

Alma hausse les épaules.

– Elle fait son métier, c'est tout.

– C'est ça que tu veux faire, toi, comme métier ?

– Je veux être avocate, pas juge.

– Tu sais ce qu'elle veut faire, Jennifer ? sourit Valérie.

Alma l'envoie sèchement promener.

– Non. Et d'ailleurs, je m'en fiche.

– Au moins, c'est clair !

Alma retient sa mère par le bras.

– Je préfère que les choses soient dites. Je suis chez Vilson parce que je ne peux pas faire autrement. Mais ce n'est pas ma famille. Ni Georges, ni ses enfants. Ma famille, c'est papa et toi.

– Mais tu vis quand même chez…

– Maman, je vis chez l'homme que tu as choisi contre mon père. Pas plus. Mais je serai correcte avec lui.

– Je t'en remercie, se rembrunit Valérie. C'est bien le moins que tu puisses faire…

Le même soir, dans leur grande salle à manger, les Vilson sacrifient au rituel austère du dîner de famille. Georges, assis sur sa chaise roulante, trône en bout de table. Valérie lui fait face. Les places du milieu sont attribuées aux enfants. Alma, terriblement mal à l'aise dans cette atmosphère guindée, reste immobile sur sa chaise tandis que la gouvernante vient lui servir le plat principal.

Le lourd silence est finalement rompu par Vilson, qui s'essaie à la bonhommie.

– Donc, le bac, c'est pour juin prochain… dit-il à Alma.

– Oui, en juin, répond-elle poliment.

Comme à son habitude, Thomas exprime sans filtre l'idée qui vient de lui passer par la tête.

– Papa, j'irai dans la même école privée que Jenny l'an prochain ?

– Arrête de m'appeler Jenny ! s'énerve sa sœur.

– Génisse, c'est mieux ? la taquine-t-il.

Valerie, soucieuse de se comporter en belle-mère pacificatrice, le reprend gentiment.

– Ta sœur s'appelle Jennifer, Thomas.

– J'arrive jamais à me rappeler son prénom ! plaisante-t-il.

Indifférent aux chamailleries de ses enfants, Georges poursuit sa conversation avec Alma, ce qui horripile manifestement Jennifer.

– Après le bac, tu veux aller à la faculté ?

– J'ai fait une demande de bourse. Si je l'obtiens, je m'inscrirai en droit.

– Et si tu ne l'obtiens pas ?

– Ne t'inquiète pas, Georges, croit bon d'intervenir Valérie, on se débrouillera.

– *Je* me débrouillerai, rectifie Alma.

Jennifer prend un air pincé.

– Je peux sortir de table, papa ? J'ai encore des devoirs pour demain.

– Non, tu sortiras en même temps que tout le monde.

– Elle travaille vachement, Génisse, s'amuse Thomas.

N'y tenant plus, Jennifer se lève d'un bond et jette sa serviette sur la table.

– J'en ai marre de toi, Thomas ! hurle-t-elle.

Elle bouscule sa chaise, qui tombe à la renverse, puis sort de la salle à manger en fulminant. Atterrée par le spectacle auquel elle vient d'assister, Alma jette un regard noir à sa mère qui, de son côté, tente d'apaiser la tension.

– Thomas, tu devrais arrêter de chercher ta sœur, dit-elle en lui tapotant la main.

Il désigne Alma du doigt.

– Elle ne dit jamais rien, elle !

La gouvernante survient dans la pièce et s'approche de Vilson.

– Il y a un monsieur pour vous, lui murmure-t-elle à l'oreille. Le directeur de la mine.

– J'arrive.

Pas mécontent de pouvoir s'échapper d'un dîner qui devenait déplaisant, Georges recule son fauteuil et part en direction de son bureau.

À peine a-t-elle fini son assiette qu'Alma demande à son tour à quitter la table. Sa mère n'a pas l'énergie de s'y opposer.

En regagnant sa chambre, Alma passe devant le bureau de Vilson. Par la porte entrouverte, elle aperçoit la silhouette du directeur. Vivement intriguée par sa venue à une heure aussi tardive, elle s'immobilise pour écouter leur conversation.

– J'ai l'impression, se soucie le directeur, que la juge instruit à charge contre les Houillères.

– C'est en effet ce que m'a dit le procureur, confirme Vilson. On la prenait pour une guimbarde, et elle accélère plus vite que prévu. Qu'est-ce que vous craignez ?

– La réaction des syndicats.

– Mais non, ils sont doux comme des moutons !

– Pas depuis la catastrophe de Liévin. D'autant qu'ils s'inquiètent beaucoup de la fermeture d'autres puits.

Dans le dos d'Alma, Thomas s'approche sur la pointe des pieds.

– C'est intéressant ce qu'il dit, papa ? lui demande-t-il.

Alma sursaute puis, très embarrassée, repart rapidement en direction de sa chambre. Thomas lui emboîte le pas. Alma le bloque avant qu'il entre dans la pièce.

– Laisse-moi travailler maintenant !

Elle lui ferme la porte au nez. Mais comme elle l'entend pleurer dans le couloir, elle rouvre le battant et lui fait signe de venir.

Aussitôt consolé, Thomas lui décoche un sourire enjôleur.

– Quand je serai grand, on se mariera !

Alma lui sourit en retour. Dans la famille Vilson, c'est sans aucun doute ce petit garçon qu'elle préfère.

Cheveux au vent, Solana roule pleins gaz dans les rues de Chambries sur l'Ossa de son père. Elle dépasse les chevalements de la mine, puis zigzague au milieu des corons avant d'atteindre sa maison.

Là, une mauvaise surprise l'attend. L'assistante sociale descend d'une voiture en stationnement et, l'air malcommode, s'avance vers elle.

– Qu'est-ce que vous faites là ? l'interpelle sans ménagement Solana.

– Je vous attendais.

– Vous perdez votre temps : je n'irai pas dans votre institution de bonnes sœurs.

D'un mouvement du menton, l'assistante sociale désigne la moto.

– Il me semble que vous n'avez pas l'âge de conduire un engin pareil…

– Vous voulez l'essayer ? lui demande crânement Solana. Je vous prends derrière, si vous voulez.

L'assistante sociale tente de garder son calme.

– Mademoiselle Alcantara, soit vous venez avec moi tout de suite, soit les policiers s'en chargeront à ma place. Et ils saisiront la moto de votre père.

Ébranlée par la menace, Solana baisse la tête. L'assistante sociale poursuit son avantage.

– Vous voulez quoi ? Passer votre bac et, si j'ai bien compris, aller ensuite à Paris ? Donnez-vous le maximum de chances. À Sainte-Thérèse ils vous prépareront au mieux, et après vous serez majeure. C'est une affaire de quelques mois. Pas plus.

– Que va devenir la maison de mon père ? demande Solana.

– Les Houillères vous la laisseront jusqu'à la fin de vos études.

N'ayant d'autre choix, Solana range l'Ossa dans la remise, entasse quelques effets dans une valise et monte à bord de la voiture de l'assistante sociale.

Une demi-heure plus tard, elle découvre le vieux bâtiment en brique ocre du pensionnat Sainte-Thérèse. L'assistante sociale la conduit jusqu'au bureau de la mère supérieure. Une autre religieuse, nettement plus jeune mais le regard buté, se tient en retrait, les mains croisées dans le dos.

– Je sais, mon enfant, lui dit la mère supérieure, que vous nous rejoignez avec réticence. Je connais aussi le drame qui vous frappe. Nous ferons tout, ici, pour vous aider à le surmonter. Vous resterez à Sainte-Thérèse jusqu'à vos dix-huit ans. Nos règles sont simples : Notre-Seigneur et vos études. Croyez-vous en Notre Père, mademoiselle ?

– Au mien, oui. Mais c'est le seul.

La mère supérieure ne prend pas ombrage de la réplique.

– Tous nos enfants sont identiques à nos yeux. Ceux qui croient comme les autres.

Puis, après avoir longuement dévisagé sa nouvelle pensionnaire :

– Vous pouvez vous retirer, mademoiselle. Sœur Isabelle guidera vos premiers pas parmi nous.

D'un geste de la main, la religieuse qui se tenait en retrait invite Solana à la suivre. Côte à côte mais sans s'adresser la parole, elles parcourent les interminables et mornes couloirs qui mènent au grand dortoir collectif. Il y a là une cinquantaine de lits, impeccablement alignés. Sœur Isabelle désigne l'un d'eux, celui qui se trouve le plus à l'écart.

– Vous dormirez là. Les autres internes sont déjà au réfectoire pour le dîner. Ensuite, extinction des lumières à 21 h 30. Bonne soirée, mademoiselle.

Ayant tourné les talons sans un mot de plus, sœur Isabelle abandonne la nouvelle pensionnaire dans cette immense pièce dépourvue de présence humaine. Au loin, on entend résonner des voix et des bruits de pas. Solana observe les crucifix, petits et grands, qui sont accrochés aux murs. Aucune autre décoration n'égaie les lieux.

Les mains tremblantes, elle ouvre sa valise et en sort le portrait de son père qu'elle dépose délicatement sur la table de nuit après l'avoir embrassé. Plutôt que de rejoindre les autres internes dans le réfectoire, elle s'allonge sur le lit et s'enfouit sous les couvertures pour que personne ne la voie pleurer.

Au terme d'une courte nuit, durant laquelle Solana n'a pratiquement pas fermé l'œil, une sonnerie stridente retentit dans le dortoir. Sœur Isabelle surgit au milieu des lits en frappant bruyamment dans ses mains.

– Debout, mesdemoiselles, c'est l'heure !

On s'étire en bâillant, on rouspète, on se redresse péniblement. Sœur Isabelle tire sur les draps des pensionnaires les plus récalcitrantes, dont Solana, qui rabat sa couverture en grognant. Sœur Isabelle remarque que la photo d'un homme est posée sur sa table de nuit. Elle s'en empare et la brandit.

– Qu'est-ce que c'est que ça ? l'apostrophe-t-elle.

Solana jaillit de son lit et lui reprend violemment la photo des mains.

– C'est mon père ! N'y touchez pas !

Quoique embarrassée, sœur Isabelle ne renonce pas à affirmer son autorité.

– Calmez-vous, mademoiselle !

Solana la toise avec mépris.

– Dans quelques mois, je serai dehors. Vous, vous continuerez à taper le réveil jusqu'à la fin de vos jours !

Solana n'a toujours pas décoléré quand elle se rend à son premier cours, vêtue de son uniforme réglementaire : jupe longue plissée et chemisier blanc. Refusant d'adresser la parole aux autres pensionnaires, elle va s'installer au fond de la salle, seule à une table. Au lieu d'écouter le cours d'histoire, elle entreprend de dessiner des robes sur son cahier.

Le prof d'histoire, intrigué par le comportement de sa nouvelle élève, s'avance à pas feutrés dans sa direction. Concentrée sur son dessin, Solana ne s'aperçoit pas de sa présence. Il se saisit par surprise du cahier et constate qu'il ne contient que des dessins de robes.

– Bravo pour vos gribouillages, mademoiselle ! s'exclame-t-il. Mais ce n'est pas ce qu'on vous demande de faire. Sortez d'ici !

Sœur Isabelle, responsable de la discipline dans l'établissement, vient chercher Solana dans le couloir et la conduit en salle de colle.

– Vous resterez ici jusqu'au dîner, lui ordonne-t-elle. Si le cœur vous en dit, vous pouvez demander conseil à Notre-Seigneur sur la conduite à tenir. Et prier ne vous ferait pas de mal !

La prenant au mot, Solana s'agenouille sur une chaise en joignant les mains.

– Vous avez raison, ma sœur, je vais prier. « Notre Père qui êtes aux cieux, restez-y. Et nous nous resterons sur la terre. Qui est quelquefois si jolie… »

Ce qu'elle vient d'entendre stupéfie la nonne.

– C'est de Jacques Prévert, sourit Solana. Un athée !

*
* *

Comme Alma et sa mère quelques jours auparavant, Caroline et Micheline sont convoquées au palais de justice pour témoigner dans l'enquête sur le coup de grisou. La perspective de comparaître devant une juge d'instruction a suscité en elles une telle appréhension qu'Alma s'est proposé pour les accompagner.

Tandis qu'elle les attend dans le hall du palais de justice, Caroline et Micheline doivent répondre dans le bureau de la juge à la même et insistante question : les trois pères se connaissaient-ils ? Leurs dénégations étant aussi fermes que celles d'Alma et de Valérie, la juge décide de boucler leur audition au bout de dix minutes à peine.

Après que la greffière a rapidement tapé leur déposition, la juge leur tend le document pour qu'elles le signent.

– Vous aurez bientôt terminé l'instruction ? l'interroge Caroline.

– Oui. Et je pense que ça fera un peu de bruit parmi les vôtres.

– Pourquoi ? s'étonne Micheline.

La juge affiche une moue énigmatique.

– Vous verrez… Pour le moment, je peux seulement vous dire qu'il y a eu des problèmes de sécurité.

– Mon père n'était pas responsable de l'explosion ? demande Caroline, le buste penché en avant.

La juge marque un temps de réflexion avant de répondre sur le ton de la confidence.

– A priori, non. C'est le personnel de la mine qui est fautif.

– Le directeur ?

– Peut-être pas jusque-là.

– Le porion, alors ? insiste Caroline.

Mais la juge se ferme et refuse de répondre.

– Est-ce que vous nous conseillez de nous porter partie civile ? demande Micheline.

– Ce n'est pas à moi de vous conseiller dans ce domaine. Réfléchissez entre vous.

Caroline et Micheline se lèvent puis saluent la juge et sa greffière avec beaucoup de déférence. Elles s'éloignent dans le couloir qui mène vers la sortie.

– Si le porion est responsable, réfléchit Caroline à voix haute, ça va être difficile pour Didier…

– Et pour nous, tu crois que c'est facile ? réplique Micheline, outrée.

Caroline prend le bras de sa mère.

– Tu as raison, maman. Mais je préférerais qu'on ne dise rien à personne pour le moment.

– On n'a rien à dire, de toute façon. Ce sera à la justice de parler.

Alma les rejoint au bas de l'escalier central. Elle se montre impatiente de savoir comment s'est déroulée l'audition.

– Alors ?

– C'était la même question qu'elle t'a posée, lui dit Caroline : nos pères se connaissaient-ils ? Mais surtout, elle nous a annoncé que, d'après elle, la mine serait responsable de l'accident.

Alma écarquille les yeux.

– On devrait vraiment se porter partie civile, estime-t-elle.

– Il faut d'abord en discuter avec Mariano, propose Micheline.

Caroline embrasse tendrement sa mère et s'éloigne avec Alma dans les rues de Chambries. Cinq minutes plus tard, elles parviennent devant la boutique du photographe de la ville. Caroline repère immédiatement la caméra de son père, qui est exposée en vitrine. Les deux filles prennent leur courage à deux mains et entrent dans le magasin.

Vêtu d'une blouse blanche, un homme mûr au crâne chauve les accueille :

– Et pour ces demoiselles, ce sera ?

– C'est à propos d'une caméra qui est en vitrine... balbutie Caroline. En fait, elle appartenait à mon père, et je voudrais seulement récupérer le film qui se trouve dedans.

– Et en échange, vous me donnez quoi ?

– On a un peu d'agent, propose Alma.

– Combien ?

– On pourrait aller jusqu'à... dix francs ?

Le photographe leur montre la porte.

– Allez, ouste... Je n'ai pas l'habitude de faire l'aumône.

À court d'arguments, les deux filles ressortent piteusement dans la rue.

– C'est un vrai salaud, ce mec ! s'énerve Alma.

– Mon père, il aurait piqué des ronds dans la caisse et l'affaire serait réglée.

– Pourquoi tu ne ferais pas pareil ? plaisante Alma.

– Parce qu'à force, la caisse, il l'a vidée.

Un homme d'une cinquantaine d'années, les cheveux grisonnants, sort alors de l'imprimerie qui se trouve en face du magasin du photographe. Il marque un temps d'arrêt en voyant les deux jeunes filles et les observe intensément, presque fasciné par elles.

– Vous voulez mon portrait ? l'apostrophe Caroline.

– Excusez-moi... Excusez-moi... bégaye l'homme, très troublé.

Il s'éloigne précipitamment, sans demander son reste. Alma et Caroline lui tournent le dos et repartent en sens inverse.

*

* *

Dans le dortoir du pensionnat Sainte-Thérèse, les internes se préparent à quitter l'établissement pour le week-end. Assise tristement sur son lit, Solana les regarde s'en aller les unes après les autres. Aucune d'elles ne pense à venir la saluer, et encore moins à la consoler.

Quand le dortoir s'est entièrement vidé, Solana se tourne vers la photo de son père. Sœur Isabelle, droite comme un I, apparaît soudain.

– Mademoiselle Alcantara, la mère supérieure vous demande.

Solana se lève lentement et suit la nonne à contrecœur.

Dans l'austère bureau de la mère supérieure, elle a cependant l'immense joie de découvrir que Caroline et Micheline sont venues la chercher. Sous le regard froid de la religieuse, elle tombe dans les bras de sa copine.

– Par mesure exceptionnelle, lui annonce la mère supérieure, vous êtes autorisée à sortir ce week-end. Vous rentrerez à Sainte-Thérèse dimanche soir.

Solana, qui n'a pas daigné regarder la religieuse pendant qu'elle lui parlait, prend Caroline par la main et s'enfuit instantanément du bureau. Seule Micheline prend soin de remercier la religieuse et de la saluer.

Une demi-heure plus tard, les voilà de retour au Chez Micheline à Chambries, où Alma attendait impatiemment leur arrivée. À son tour, elle serre Solana dans ses bras, heureuse de la revoir après une semaine de séparation. Toutes les trois s'installent au comptoir. Micheline, torchon en main, reprend aussitôt son service.

– Alors, c'est comment le pensionnat ? demande Alma.

Solana lève les yeux au ciel en signe de dégoût.

– Mortel ! Je préfère même pas t'en parler. Dis-moi plutôt comment ça se passe pour toi chez Vilson.

Imitant Solana, Alma lève les yeux au ciel.

– Ce qui m'attriste le plus, c'est ma mère. Elle lui est complètement soumise. J'ai du mal à le supporter.

– Tu vas rester là-bas après le bac ?

– Non, j'irai à la fac de Lille.

– Pourquoi tu ne viens pas à Paris avec nous ? lui propose Caroline.

– La mode, c'est pas mon truc.

Micheline, qui a entendu le dernier échange, s'immisce dans la conversation.

– Pour aller à Paris, il faut des sous.

– On travaillera, maman !

– Et comment je ferai avec le bistrot si tu me laisses toute seule ?

Caroline lui prend la main.

– C'est un peu la règle, maman. Tu ne m'as pas mise au monde pour me garder auprès de toi. Et puis je viendrai souvent te voir.

Micheline considère pensivement sa fille.

– C'est comme ton père. Il vient me voir, lui aussi. C'est la nuit. Ça me réveille. Ça me fait pleurer. Quand ils sont partis, les gens, tu ne les rattrapes plus.

À cet instant, Mariano pousse la porte du café. Micheline se ressaisit et fait signe aux filles de la suivre à l'écart pour parler tranquillement avec le délégué syndical.

Tous les cinq s'asseyent autour d'une table. Micheline introduit la discussion.

– Mariano, comme je te l'ai dit au téléphone, on envisage de se porter partie civile.

Une telle initiative ne semble pas enthousiasmer le délégué syndical.

– À Liévin, les syndicats l'ont fait, concède-t-il. Mais ici, il y a un risque.

– Lequel ? demande Micheline.

Mariano prend un air embarrassé.

– Personne ne comprend pourquoi vos pères étaient dans le secteur ouest. Ils n'avaient rien à y faire.

Solana le coupe sans ménagement.

– Ils se baladaient, peut-être ! C'est ça que tu veux dire ?

Pour calmer le jeu, Alma prend la parole.

– Qu'est-ce qu'ils disent, tes copains du syndicat, sur la partie civile ?

Mariano paraît de plus en plus embarrassé.

– Honnêtement, ils sont mitigés. À part à Liévin, ce n'est pas dans nos habitudes d'attaquer les Houillères. Les accidents, il y en a toujours eu, et partout.

– S'ils se trouvaient là, se braque à nouveau Solana, c'est qu'ils y ont été envoyés par quelqu'un !

Micheline, soucieuse comme Alma d'apaiser les esprits, revient à la question initiale.

– Si on se porte partie civile, on risque quoi ?

Mariano baisse les yeux.

– Ils pourraient te virer du bistrot…

Micheline reçoit la menace comme un coup de poing dans l'estomac. Elle n'avait jamais réalisé que les Houillères, propriétaires de son bistrot, disposaient d'un tel moyen de pression. Si elles décidaient de l'exercer, elle perdrait d'un coup sa maison et son travail, ses seules raisons de vivre. C'est suffisant pour refroidir toute ardeur à affronter les charbonnages devant la justice.

D'une voix résignée, elle reprend la parole.

– Tant qu'on ne sait pas pourquoi ils se trouvaient là-bas et tant qu'on ne peut pas prouver une faute de la mine, je suis contre la partie civile.

Les trois filles se consultent du regard. Par solidarité avec Micheline, quoique avec beaucoup de réticence de la part de Solana, elles acceptent de se ranger à son avis.

– D'accord, conclut Mariano. Donc, pour le moment, on ne bouge pas.

Sonnée, Micheline se lève et retourne machinalement derrière le zinc. Les trois filles et Mariano l'observent, le cœur serré.

*

*   *

Comme tous les samedis soir, le Jimmy's, la boîte de nuit de Chambries, fait salle comble. Au son d'une musique disco assourdissante, des dizaines de jeunes gens se déhanchent joyeusement sur la piste de danse.

Solana, Caroline et Alma, qui sont venues là par habitude, s'aperçoivent vite qu'elles n'ont pas le cœur à faire la fête. Elles restent assises sur une banquette, les bras croisés. À intervalles réguliers, des garçons viennent les inviter à danser. Ils sont systématiquement éconduits.

Didier, entouré de quelques copains rigolards, se tient à proximité du bar, éclusant bière sur bière. Avec Caroline, ils s'épient du regard à distance.

Solana remarque leur petit manège.

– T'es toujours accro à ce mec ? lui demande-t-elle.

– Tu rigoles ! répond Caroline en feignant l'indifférence. Surtout depuis que la juge nous a laissé entendre que le porion était responsable de l'accident.

– Ça ne m'étonnerait pas, reprend Solana après un moment de réflexion. Nos pères ne se connaissaient pas. Qu'est-ce qu'ils auraient été faire dans la fosse 6 si on ne les y avait pas envoyés ?

– On ne saura peut-être jamais, dit Alma, méditative.

– Solana a raison, intervient Caroline. Trois mineurs qui se chopent un coup de grisou dans une galerie, c'est pas le hasard. Je suis sûre qu'on leur a donné l'ordre d'y aller.

Les filles vident leurs verres en silence. Elles regardent sans les voir les couples de jeunes gens qui dansent tendrement un slow devant elles.

– Les filles, proclame Solana en se redressant brusquement, j'ai une super idée !

Elle se penche vers elles pour leur parler à l'oreille.

– Et si on allait décorer la nouvelle bagnole du porion ?

Enthousiaste à cette idée, Caroline lève son verre.

– D'ac !

Alma, en revanche, se montre nettement plus réticente.

– Tu n'es pas encore avocate, la rabroue Solana. Profites-en !

Après réflexion, Alma se lève et, accompagnée de ses deux copines, se fraie difficilement un chemin jusqu'à la sortie. Didier suit Caroline des yeux, déçu de la voir partir. Une fois dehors, les trois copines courent dans les rues désertes de Chambries, impatientes de commettre leur menu forfait.

À l'approche d'une bâtisse plus grande et plus cossue que les maisons de mineurs, Caroline leur fait signe de se taire. Une voiture neuve stationne devant l'entrée.

– C'est là, annonce Caroline à voix basse.

– Tu es sûre ? s'inquiète Alma. Si on se goure, on est mal.

– Mais oui, je suis déjà venue avec Didier. Et la bagnole, je peux te dire qu'on l'a baptisée !

Après avoir vérifié que personne ne les observe, Solana se glisse jusqu'à la voiture. Elle sort des clés de sa poche et commence à griffer la carrosserie.

– Je vais écrire « Assassin ». Faites la même chose de l'autre côté.

Tandis qu'Alma, dubitative, reste en retrait, Caroline s'accroupit sur le côté de la voiture.

– Moi, je vais mettre « Salaud ».

Trois minutes plus tard, la voiture du porion s'orne de deux mentions maladroitement gravées sur ses flancs : « Assassin » à gauche, « Salaud » à droite.

Après quoi, les filles repartent le plus discrètement possible en direction du centre de Chambries. Caroline se sent prête à toutes les audaces.

– On va s'en faire un autre, propose-t-elle, l'œil brillant.

– Qui ? s'alarme Alma.

– Tu vas voir…

Caroline conduit les filles dans le dédale des rues de Chambries. En chemin, sous le regard médusé des deux autres, elle s'empare d'une grosse pierre. À peine sont-elles arrivées devant la boutique du photographe que Caroline lance de toutes ses forces sa pierre dans la vitrine. Un fracas de verre brisé résonne dans le silence de la nuit. Caroline passe le bras à l'intérieur de la vitrine et récupère la caméra de son père.

À cet instant, un volet s'ouvre à l'étage du petit immeuble qui se trouve en face de la boutique. Un homme apparaît à la fenêtre, observant attentivement les filles. Paniquées,

Alma et Caroline reconnaissent le quinquagénaire qu'elles avaient croisé au même endroit le jour où elles s'étaient rendues chez le photographe.

– On est repérées ! s'exclame Alma. Remets la caméra !

Caroline hésite, tétanisée par l'homme à la fenêtre qui ne la quitte pas des yeux.

– Prends le film et remets la caméra ! insiste Alma. Comme ça, on pourra dire qu'on n'a rien volé.

D'une main fébrile, Caroline ouvre la caméra, s'empare du film et replace l'appareil dans la vitrine. Après quoi, les trois filles filent à toutes jambes dans la pénombre.

Un peu plus loin, s'estimant hors de danger, elles s'arrêtent pour reprendre leur souffle.

– C'était qui, le type qui nous regardait ? interroge Caroline en s'adossant à une voiture en stationnement.

– Je crois que c'est l'imprimeur, répond Solana. Il s'appelle Lambert.

– S'il nous balance, s'inquiète Alma, on est mal.

– Faut qu'on se promette un truc, intervient Solana : si l'une de nous est interrogée, on dira qu'on était toutes les trois chez toi, Caro, pour réviser le bac.

– D'accord, répond Caroline, c'est juré.

– Juré ! confirme Alma.

– Je ne jure jamais, dit Solana. Mais je vous le promets.

La veille de la première épreuve du bac, un moment aussi redouté qu'attendu, Caroline descend dans le bistrot depuis l'appartement familial pour souhaiter bonne nuit à sa mère. Résolue à se coucher de bonne heure, elle a déjà revêtu sa chemise de nuit.

Quand elle arrive dans la salle vide, Micheline est penchée sur ses livres de comptes, additionnant et soustrayant des chiffres sur une feuille de papier. Elle pousse un long soupir de découragement alors que sa fille approche.

– Ça ne va pas ? demande Caroline.

Micheline regarde sa fille, vérifie de nouveau ses calculs, hésite à parler puis, finalement, confesse la cause de ses tourments.

– Je ne peux pas payer le loyer du trimestre. J'ai déjà quinze jours de retard. Les Houillères m'ont envoyé une lettre recommandée, mais je n'y arrive pas.

– Comment ça se fait ? s'alarme Caroline.

– Ton père, ma chérie. Ses jeux, ses paris… Il a trop tapé dans la caisse.

– Il faudrait peut-être en parler au délégué syndical. Il pourrait tenter une démarche auprès des Houillères.

– Ce n'est pas la mine, ici, ma chérie. Les syndicats n'ont rien à voir là-dedans. Je suis locataire, les Houillères sont propriétaires, c'est tout ! Je leur ai téléphoné et ils m'ont dit de payer tout de suite.

Caroline referme autoritairement les livres de comptes et prend la main de sa mère.

– Va te coucher, maman. De toute façon, ce n'est pas cette nuit qu'on trouvera une solution.

– C'est toi, ma fille, qui devrais aller te coucher.

– Je suis nerveuse. À cause du bac.

– Ce n'est pas un drame si tu ne l'as pas.

– Si, maman. Pour moi, ce serait un drame.

Micheline se lève pour aller prendre sur le comptoir un petit paquet, qu'elle tend à sa fille.

– J'ai oublié de te donner ça, c'est arrivé cet après-midi.

Caroline ouvre fébrilement le paquet, qu'elle attendait avec impatience depuis plusieurs jours. Il contient le dernier film que son père a tourné avec sa caméra super-8 et qu'elle a fait développer. Elle remonte en vitesse à l'étage, abandonnant Micheline dans la salle du bistrot face à ses livres de comptes.

Dans sa chambre, Caroline installe le petit projecteur de son père, fixe la pellicule et démarre le visionnage. Elle découvre, fascinée, les images du défilé de mode qu'elle avait organisé avec Solana. On les voit debout sur les tables, singeant la démarche altière des mannequins de haute couture. L'ambiance est joyeuse et insouciante. Faisant suite au film du défilé, apparaissent d'autres images, probablement tournées au fond de la mine à la seule lumière d'une lampe de faible intensité.

Caroline éteint le projecteur et s'allonge sur son lit, méditative. Le souvenir de ces instants heureux provoque en elle un accès de nostalgie. Des larmes lui montent aux yeux, qu'elle peine à contenir. Elle éteint la lumière et revoit en songe le visage de son père disparu.

Le lendemain matin, après une nuit agitée, elle retrouve Alma et Solana devant l'entrée du lycée, aussi stressées qu'elle à l'idée de passer leur première épreuve du bac.

– La philo pour commencer, c'est vraiment l'angoisse, se lamente Caroline.

– Moi, j'ai pris mes précautions, s'amuse Solana en lui montrant son bas-ventre. Il y a une tonne d'antisèches là-dessous.

Alma, crispée, lève les yeux au ciel.

– T'es complètement folle, ma vieille, c'est super risqué !

Solana hausse les épaules et monte en salle d'examen avec ses deux copines, sous l'œil attentif de la proviseure. Didier s'assied à sa place, non loin de Caroline, à qui il refuse ostensiblement d'accorder la moindre attention. Une fois les élèves installés, un pion leur distribue les sujets d'examen. Solana et Caroline blêmissent en découvrant les intitulés qui leurs sont proposés. Alma, à l'inverse, commence aussitôt à noircir de notes sa feuille de brouillon.

Au bout d'une demi-heure, Solana et Caroline échangent des regards paniqués. Ni l'une ni l'autre ne sont parvenues à griffonner plus de trois phrases de brouillon. Par gestes discrets, elles conviennent de sortir de la salle et de se retrouver à l'extérieur. Caroline hésite puis, en désespoir de cause, lève la main pour demander au pion l'autorisation de se rendre aux toilettes.

– Faites vite, lui répond-il.

Caroline quitte la salle. À son tour, Solana lève la main.

– Je peux aussi ?

– Non, attendez que votre camarade soit revenue.

– Je vous en supplie, insiste-t-elle en grimaçant, c'est très pressé.

D'un signe de tête, le pion lui donne son accord. Mais un sérieux soupçon s'est éveillé en lui.

Solana rejoint Caroline dans les toilettes et verrouille la porte derrière elle. Elle plonge la main dans son pantalon et en extrait des petits bouts de papier qu'elle étale sur l'abattant. Caroline s'agenouille à côté d'elle à la recherche de la bonne antisèche.

Soudain, dans leur dos, la porte s'ouvre brutalement, déverrouillée de l'extérieur. Le pion apparaît, la mine sévère.

– C'est bien ce que je pensais, déclare-t-il.

La proviseure se montre à son tour.

– Et ça ne m'étonne pas d'elles ! ajoute-t-elle cruellement.

Le pion s'empare des antisèches et les fourre dans sa poche. Prises sur le fait, Caroline et Solana sont frappées d'aphasie et de stupeur.

– Mesdemoiselles, déclare la proviseure, le baccalauréat, c'est terminé pour vous ! Je demanderai des sanctions exemplaires à votre encontre devant la commission de discipline.

Piteusement, les filles retournent dans la salle d'examen sous la surveillance du pion, récupèrent leurs affaires et ressortent tête baissée. Alma les observe partir avec effarement, Didier avec satisfaction.

À la fin de l'épreuve, Alma rejoint dans la cour du lycée ses deux copines, qui fument cigarette sur cigarette.

– Vous êtes complètement folles ! Caroline, tu demandes à sortir, et Solana, tu y vas dix secondes plus tard ! À votre avis, à quoi le pion a tout de suite pensé ?

– On est mortes, gémit Caroline. C'est foutu pour la mode ! C'est foutu pour Paris !

Elle tourne brusquement la tête vers Solana.

– T'es conne, toi, aussi ! Pourquoi tu m'as montré tes antisèches ?

– Parce que tu me l'as demandé ! rétorque Solana, choquée par l'agressivité soudaine de sa copine. Et ne me traite pas de conne !

– On se calme, s'interpose Alma.

Mais Solana, horriblement blessée par l'accusation portée contre elle, s'écarte de ses deux copines.

– Je me casse ! annonce-t-elle en partant à grandes enjambées vers la sortie du lycée. Vous me faites chier !

À bout de nerfs, Caroline éclate en sanglots. Alma passe son bras autour de ses épaules.

– Viens, je te raccompagne chez ta mère.

Elles cheminent sans mot dire jusqu'au Chez Micheline. Quand elles entrent dans le café, une surprise de taille les attend. Le porion se tient debout au milieu de la salle, en compagnie de son fils Didier. Les clients, dont Mariano, observent un silence pesant, inhabituel en ce lieu. Derrière le bar, Micheline affiche sa mine des mauvais jours.

– C'est toi, apostrophe-t-elle sa fille, qui as bousillé la voiture du porion ?

Caroline, qui ne s'attendait pas à comparaître devant pareil tribunal, est incapable d'articuler un mot.

– Bien sûr que c'est elle ! fulmine Didier d'un ton menaçant. Elle nous le paiera !

Le porion s'avance vers la jeune fille, les mâchoires serrées.

– Je suis plutôt un salaud ou plutôt un assassin ?

Mariano le retient par le bras.

– Doucement. Ce ne sont que des rayures sur de la peinture.

Le porion le repousse.

– Je m'en fous de la peinture ! Je veux seulement que cette petite conne dise à tout le monde que c'est elle !

– Et pourquoi ce ne serait pas moi ? s'interpose Alma.

Elle s'approche de Didier et le fixe droit dans les yeux.

– Pourquoi tu accuses Caroline sans preuves ? Tu règles des comptes personnels ? Vas-y, explique-toi !

Troublé par l'offensive, Didier peine à trouver la parade. Alma poursuit sa charge, comme si elle prononçait une plaidoirie dans un prétoire.

– Si tu accuses, c'est que tu sais !

– Je suppose… bafouille-t-il.

– Ah, tu supposes ! Et tu crois qu'une supposition vaut accusation !

La harangue d'Alma a jeté le trouble dans la salle. Micheline et les clients sont ébranlés par le doute. Un lourd silence s'établit de nouveau. Micheline ainsi que les clients présents ne savent plus à quoi s'en tenir.

C'est alors qu'une camionnette de gendarmerie, gyrophare allumé, vient stationner devant le bistrot. Tous les regards convergent vers les hommes en képi qui en descendent.

Effrayée, Caroline se serre contre Alma.

– On va se faire arrêter pour le vol chez le photographe, se lamente-t-elle à voix basse. L'imprimeur a dû nous dénoncer.

Les gendarmes ouvrent la porte du bistrot. L'un d'eux, un papier en main, s'adresse à l'assistance.

– Nous recherchons M. Scipio. On nous a dit qu'il était ici.

Le porion, blême, fait quelques pas dans sa direction.

– Oui, c'est moi…

– Vous êtes en état d'arrestation, veuillez nous suivre.

Il lui présente le papier qu'il tenait en main.

– La juge d'instruction a délivré un mandat d'amener contre vous.

Deux de ses collègues l'encadrent et le conduisent sans ménagement vers la sortie. Quand le porion monte à bord de la camionnette, la stupéfaction s'abat sur le bistrot. Pour Didier, c'est un choc terrible : voir son père emmener publiquement tel un vulgaire criminel !

Il vient se planter face à Caroline et Alma.

– Vous le paierez ! gronde-t-il. Vous le paierez très cher !

Ébranlées par la menace d'une vengeance prochaine, les deux jeunes filles échangent un regard où se mêlent la crainte et l'incrédulité.

– 3 –

Six mois plus tard.

Dans le grand amphithéâtre de la faculté de Lille, où Alma est désormais étudiante en première année de droit, le cours magistral sur l'organisation de la justice touche à sa fin. La jeune fille attrape son manteau et un gros paquet-cadeau pour repartir au plus vite vers Chambries, où l'attendent ses deux copines. Il y a tout juste un an, le jour de l'anniversaire de Solana, leurs pères étaient emportés par un coup de grisou meurtrier. Les filles se sont juré de célébrer toutes les trois ensemble ce triste anniversaire, qu'Alma ne manquerait pour rien au monde.

Tandis qu'elle se lève, une trentaine de jeunes gens surgissent en force dans l'amphithéâtre et descendent vers l'estrade en jetant des tracts dans les travées. À leur tête se trouve Rodolphe, à peine plus âgé qu'Alma, portant blouson de cuir et keffieh rouge. Le groupe investit l'estrade et interrompt le prof qui, dépassé par le nombre, renonce à achever son cours. Rodolphe plante ses beaux yeux bleus dans ceux d'Alma, puis prend la parole avec beaucoup d'assurance.

– Camarades ! lance-t-il sans lâcher Alma du regard. Le comité de lutte contre la loi Saunier-Seïté organise à 17 heures une assemblée générale dans l'amphi B ! Venez nombreux pour dire non à la sélection sociale, non à l'université du patronat, non à l'université giscardienne !

La plupart des étudiants applaudissent l'intervention de Rodolphe. Des slogans sont lancés : « Non, non, non à la sélection ! » Rodolphe adresse un sourire enjôleur à Alma avant de poursuivre.

– Seule la mobilisation de l'ensemble des étudiants permettra de faire plier le gouvernement pour qu'il retire sa loi scélérate !

Une nouvelle salve d'applaudissements retentit dans l'amphithéâtre. D'autres slogans sont entonnés. Profitant de l'effervescence, Alma enfile son manteau et se dirige vers la sortie, tout en haut des marches. Rodolphe bondit de l'estrade et se précipite à sa suite. Il l'intercepte juste avant qu'elle franchisse les portes.

– Tu viendras à l'AG tout à l'heure ?

– Non, j'ai autre chose à faire, répond fermement Alma, qui ne semble pourtant pas insensible au charme de Rodolphe.

Elle sort de l'amphi. Il la retient par le bras.

– Normalement, en première année, on n'a rien d'autre à faire que d'aller aux AG.

Alma, qui ne partage pas la même conception des études, lui adresse un geste d'indifférence et poursuit son chemin, son gros paquet sous le bras. Dépité, Rodolphe la regarde s'éloigner en direction de la gare routière toute proche.

À Chambries, au même moment, Solana entre dans le vestiaire du garage où, après son exclusion des épreuves du baccalauréat, la DDASS lui a trouvé un emploi d'apprentie. À défaut de pouvoir étudier dans une école de mode à Paris, elle s'est orientée vers son autre passion, héritée de son père : les motos, qu'elle répare désormais avec une grande dextérité.

Dans le vestiaire étroit où s'alignent plusieurs casiers métalliques, Solana ôte son bleu de travail pour enfiler un pantalon et un chemisier noirs. Le patron du garage, la cinquantaine adipeuse, survient dans la pièce alors que Solana est encore en train de se changer.

– C'est pas l'heure de partir, lui dit-il sur un ton désagréable.

– Vous n'avez pas le droit d'entrer dans le vestiaire quand j'y suis ! réplique Solana, furieuse.

– Je fais ce que je veux ici ! Tu rattraperas demain le temps perdu, sinon je préviens la DDASS !

– Je m'en tape, de la DDASS ! se rebelle Solana. À partir d'aujourd'hui, je ne dépends plus d'elle !

Elle quitte le vestiaire. Son patron lui emboîte le pas.

– Tu devrais plutôt me remercier ! Tu en connais beaucoup, des garagistes qui embauchent des filles ?

Solana traverse le garage sans se retourner. À l'extérieur, elle enfourche l'Ossa de son père, démarre dans un rugissement de moteur et fonce, cheveux au vent, en direction du Chez Micheline.

Quand elle la voit arriver, Caroline lui fait signe qu'elle la rejoint dehors.

– Je dois y aller, dit-elle à sa mère, qui brique le comptoir.

– File ! lui répond affectueusement Micheline. De toute façon, il n'y a pas un chat aujourd'hui.

– Je vais chercher mon manteau là-haut.

Alors qu'elle emprunte l'escalier qui mène à l'appartement, un homme en costume et cravate entre dans le bar.

– Madame Moriot ? demande-t-il à Micheline.

– Oui, répond-elle en suspendant ses gestes, comme si elle avait un mauvais pressentiment.

– Maître Honoré, huissier de justice.

Le visage de Micheline se fige.

– C'est les Houillères qui vous envoient ?

– Exactement, confirme l'huissier tout en farfouillant dans son cartable. Vous leur devez douze termes.

– Et eux, ils me doivent un mari.

La réplique laisse l'huissier de marbre.

– Je ne suis pas là pour ça, mais pour ça.

Il lui tend une mise en demeure dûment tamponnée. Micheline s'en saisit mais, voyant que Caroline, habillée tout en noir, redescend de l'appartement, elle dissimule le document derrière son dos.

Caroline court vers la porte et grimpe sur la moto de Solana.

Lorsque l'Ossa pile devant l'entrée du cimetière, les deux amies sautent dans les bras d'Alma, qui les attendait patiemment. Main dans la main et dans un silence recueilli, les trois amies empruntent l'allée qui conduit aux tombes de leurs pères, alignées les unes à côté des autres. Sur chaque sépulture figure la photo du disparu, ainsi que sa date de naissance et de décès. Solana les observe attentivement.

– Ils étaient beaux, quand même, déclare-t-elle, émue.

Les filles baissent la tête. Alma s'adresse à la tombe de son père.

– Tu sais papa, je n'habite plus chez nous.

Caroline l'imite.

– Papa, t'as fait un beau trou dans la caisse du bistrot. Mais je ne t'en veux pas, tu penses !

Elles restent un moment immobiles et solidaires.

– Bon, les garçons… plaisante tristement Solana, on viendra vous revoir tous les ans, c'est promis. Mais pas longtemps. Parce que franchement, c'est pas bien marrant de venir ici. Vous auriez pu attendre un peu avant de nous abandonner.

Après s'être inclinées une dernière fois devant les tombes, les trois copines repartent en sens inverse dans les allées du cimetière.

Caroline se tourne vers Alma pour lui faire part de la réflexion qui lui trotte dans la tête.

– En définitive, la seule de nous trois à faire ce qu'on avait annoncé à nos pères, c'est toi.

– Je ne suis pas encore avocate, répond-elle, loin de là.

– Oui, mais pour nous, poursuit Caroline, la mode, c'est définitivement râpé ! On a reçu un papier du rectorat nous disant qu'on n'a pas le droit de repasser le bac avant quatre ans.

– On le sait, s'agace Solana, qui se sent visée par la remarque. Tu l'as déjà dit. Je ne suis pas responsable de tout !

– Non, relève perfidement Caroline. Mais de ça, oui.

– Ça va, les filles ! s'interpose Alma. On ne va pas s'engueuler aujourd'hui ! On a un autre anniversaire à célébrer.

Une moue de regret s'affiche sur le visage de Caroline. Elle s'approche de Solana et la prend dans ses bras.

– Excuse-moi... Je te souhaite un très bon anniversaire.

– Allons chez moi, propose Solana, tout en déposant un baiser de réconciliation sur le front de Caroline.

La maison de Solana est demeurée telle qu'elle était du vivant de son père : encombrée de photos, d'affiches et de drapeaux à la gloire des républicains espagnols. Alma entre dans le petit salon avec un gâteau d'anniversaire orné de dix-huit bougies. De son côté, Caroline brandit une bouteille de champagne qu'elle sabre d'un geste vigoureux.

– On va boire un coup ! proclame-t-elle joyeusement. Ce ne sont pas nos pères qui nous le reprocheront !

Les trois filles trinquent et s'embrassent avec effusion. Puis Alma tend à Solana le gros paquet qu'elle transporte depuis le début de la journée.

– Tiens, ton cadeau. De la part de Caro et de moi.

Impatiente d'en découvrir le contenu, Solana ouvre le paquet et en sort un magnifique casque de moto aux couleurs de l'Espagne, identique à celui que portait son père.

Un large sourire illumine son visage.

– Merci, je suis tellement contente !

Elle embrasse à nouveau ses amies puis contemple le casque, qui lui rappelle son père.

– Quand même, il m'a fait un drôle de cadeau : mourir le jour de mon anniversaire. Mais au moins, je suis majeure maintenant ! La DDASS, je vais l'envoyer bouler, elle va rien comprendre. À moi la liberté !

C'est seulement tard dans la soirée, après d'innombrables fous rires, confidences intimes et déclarations d'amitié éternelle, que les agapes prennent fin. Alma et Caroline quittent à regret Solana, l'une pour rentrer chez Vilson, l'autre Chez Micheline.

Au moment où Caroline, passablement éméchée, débouche dans la rue du bistrot, elle aperçoit Didier qui trace une grande inscription à la peinture noire. Elle court dans sa direction et découvre qu'il a écrit « Sales vendues » sur la devanture du café.

– Qu'est-ce que tu fais ! l'apostrophe-t-elle, furibonde.

Elle s'empare de son pinceau et le jette au loin sur le trottoir.

– C'est qui, la vendue ? hurle-t-elle. C'est moi ?

Désarçonné par la colère de Caroline, Didier bat en retraite. Elle s'avance vers lui. Son ton enfle.

– T'es qu'un salopard ! Je vais appeler les flics !

En entendant cette phrase, Didier revient sur ses pas, les yeux emplis de rage.

– Ça, on sait que tu es très douée pour dénoncer les autres ! À cause de toi, mon père est en taule depuis six mois. Oui, c'est vrai que t'es qu'une vendue ! Je t'ai larguée et tu t'es vengée en le balançant aux flics !

À son tour, Caroline est ébranlée par l'accusation portée contre elle.

– J'ai dénoncé personne, bredouille-t-elle, tu racontes n'importe quoi ! Je ne voulais pas qu'ils l'embarquent ! J'ai rien fait pour ça !

Didier ne décolère pas.

– Alors pourquoi mon père est toujours au trou ? Pourquoi ?

Il repart à reculons dans l'obscurité. Titubant légèrement, Caroline le suit, comme hypnotisée par lui.

– Je ne comprends pas… reprend-elle d'une voix chancelante. J'y suis pour rien, je te le jure !

Percevant le désarroi qui s'est emparé de Caroline, Didier l'attire à lui et l'immobilise dans le renfoncement d'une porte.

– Tu te rends compte de ce que c'est pour ma mère et pour moi ? Mon père est en prison ! On est devenus des parias à Chambries ! Des merdes !

Caroline, bouleversée par les propos de Didier, éclate en sanglots.

– Je voulais pas te faire de mal… gémit-elle.

Didier l'agrippe par la taille. Son visage s'approche lentement de celui de Caroline. Leurs lèvres sont maintenant toutes proches.

– Tu en as envie ? grommelle-t-il.

Elle est incapable de répondre, sachant qu'elle a déjà flanché.

– Tu en as envie ! insiste Didier. Dis-le !

Elle ferme les yeux et lui offre ses lèvres. Entre attirance et répulsion, ils s'abandonnent l'un à l'autre corps et âme.

*

* *

Le lendemain, dès l'aube, Solana rend sa visite rituelle à sa mère à l'hôpital de Chambries. Elle salue les infirmières et monte quatre à quatre dans les étages. Parvenue à la chambre, elle embrasse tendrement sa mère, puis dépose sur la table de chevet un petit gâteau et y plante dix-huit bougies.

– Hier, maman, dit Solana en s'efforçant d'adopter un ton joyeux, j'ai eu dix-huit ans. C'est mon anniversaire ! Comme je ne peux plus le fêter avec papa, tu vas essayer de faire un petit effort pour moi.

Assise dans son fauteuil, les mains bien à plat sur ses genoux, sa mère ne réagit pas. Solana allume les bougies et présente le gâteau à sa mère.

– On va souffler ensemble, maman. Tu sais souffler ? Regarde !

Elle souffle légèrement sur les bougies, dont les flammes chancellent.

– Comme ça… insiste-t-elle. À toi ! Vas-y, souffle !

Le regard vide de sa mère reste rivé sur un point fixe. Solana s'efforce de garder son calme.

– Essaie pour moi, maman. Ce serait mon cadeau. Pour mes dix-huit ans, ça me ferait tellement plaisir ! Souffle !

Elle éloigne le gâteau du visage de sa mère, qui ne laisse paraître aucune émotion.

– C'est pas grave si tu n'y arrives pas. On recommencera l'année prochaine.

Solana souffle seule les bougies avant de découper le gâteau en deux parts.

– Je vais te faire manger, maman. On va dire que c'est toi la petite fille, et moi, je suis ta maman. Regarde…

Elle prend une part de gâteau et l'approche de la bouche de sa mère.

– Le petit oiseau va vers la cage, tout doucement, et la cage va s'ouvrir, et hop, elle va prendre le petit oiseau !

Mais la mère, insensible aux sollicitations, garde obstinément la bouche fermée. Un profond découragement envahit Solana. De lassitude, elle écrase la part de gâteau sur la table de chevet.

– Mais à quoi je joue, moi ! se révolte-t-elle. Pourquoi je viens encore ? J'en peux plus !

Des larmes perlent à ses yeux. Elle ramasse son casque et quitte précipitamment la chambre sans se retourner vers sa mère. Dans le couloir, où elle marche à grands pas, le visage baigné de larmes, une infirmière tente de la consoler.

– Ça ne va pas, votre maman, aujourd'hui ? lui demande-t-elle.

Solana stoppe net face à l'infirmière. Ses nerfs lâchent.

– Si, au contraire, elle va très bien ! Elle bave, elle pisse sous elle, elle n'ouvre plus la bouche, mais à part ça, elle se porte comme un charme !

Solana s'éloigne dans le couloir, laissant l'infirmière sans voix.

En début de soirée, une 4L hors d'âge vient stationner devant l'hôtel particulier de Vilson. Alma sort en trombe de la voiture et adresse un geste de remerciement à Rodolphe, qui semble dépité de ne pouvoir passer la soirée avec elle.

La 4L redémarre au moment où Alma gravit en courant le perron de la maison. À l'intérieur, elle se dirige vers la salle à manger où la famille Vilson au grand complet est déjà attablée.

– Excusez-moi… dit Alma à la cantonade. On avait un prof en retard…

Elle s'assied à sa place habituelle, sous le regard noir de Valérie.

– J'aimerais bien, dit-elle sa fille, que tu fasses un effort pour arriver à l'heure.

– C'est vrai qu'on dîne à 20 heures, intervient Georges sur un ton magnanime, mais ce n'est pas gravé dans le marbre !

La gouvernante entre dans la pièce avec un plat qu'elle approche d'Alma.

– Comment ça se passe à l'université ? lui demande Georges, visiblement désireux d'engager la conversation. Je lis dans les journaux qu'il y a des grèves.

– C'est contre la loi Saunier-Seïté, répond Alma, tout juste aimable. Je ne sais pas vraiment ce qu'il y a dedans, mais les étudiants n'en veulent pas.

– C'est ridicule ! persifle Jennifer, que l'intérêt porté par son père à Alma horripile au plus haut point.

– Parce que tu la comprends, toi, cette loi ? la rabroue sèchement Vilson.

– Bien sûr !

– Tu peux nous l'expliquer ?

Jennifer est prise au dépourvu.

– Elle dit que les universités sont trop politisées, hasarde-t-elle, et qu'il n'y a plus de critères de sélection. Plus de morale, d'autorité, de discipline, tout ça…

– Là, tu rapportes les propos de la ministre, note Vilson, pas le contenu de sa loi. C'est quoi, sa loi ?

– Je ne connais pas le texte par cœur… s'embourbe Jennifer.

– Alors ne dis pas que tu sais, s'agace son père.

– Dans les dents, Génisse ! commente Thomas, que les déboires de sa sœur mettent toujours en joie.

Jennifer se contient trois secondes. Puis, se sentant humiliée, elle craque. D'un mouvement impétueux, elle se lève de table, jette sa serviette et s'enfuit de la pièce.

Valérie tente de calmer Georges.

– Tu ne devrais pas la brusquer comme ça. C'est une nature sensible.

– Je suis chez moi, ici !

Alma plonge le nez dans son assiette.

– Ça, on le sait… marmonne-t-elle pour elle-même.

À la fin du dîner, qui s'est poursuivi dans une ambiance pesante, Alma remonte dans sa chambre pour préparer ses partiels. À peine s'est-elle installée à sa table de travail que Jennifer ouvre la porte sans frapper.

– C'est toi qui as pris ma robe bleue ?

– Non, je suis désolée, je ne l'ai pas vue.

– Je ne te demande pas si tu l'as vue ! Je te demande si tu l'as prise !

– Si je l'avais prise, je l'aurais vue ! la rembarre Alma.

– Tu es une vraie fouteuse de merde, toi ! s'emporte Jennifer. Tu débarques ici, tu prends la chambre de ma grand-mère, mon père te fait les yeux doux, et, en plus, tu piques mes fringues ! C'est un truc de pute, ça ?

Thomas, qui passait dans le couloir pour rejoindre sa chambre, a entendu la réplique. Il s'arrête et passe une tête dans l'entrebâillement de la porte.

– C'est quoi, une pute ?

Gênée que son frère cadet l'ait entendue prononcer un mot grossier, Jennifer improvise une réponse.

– Une dame avec des grandes jambes…

– Mais non ! se plaît à la contredire Alma. Une pute, c'est une fille que les hommes paient pour coucher avec.

Choquée par la franchise de la réponse, Jennifer repousse son frère dans le couloir et claque violemment la porte derrière elle. De nouveau seule dans sa chambre, Alma reprend la lecture de ses manuels. Jusqu'à ce que, dix minutes plus tard, sa mère entre à son tour dans la pièce.

– Tu ne sais vraiment pas où se trouve la robe de Jennifer ? demande-t-elle, très embarrassée. Elle la cherche partout.

Comprenant que sa mère est venue intercéder en faveur de la fille de Vilson, Alma se lève brusquement de sa chaise et se plante face à elle.

– Maman, j'en ai ras-le-bol de te voir comme ça ! J'arrive en retard, ce n'est même pas l'autre qui me fait une remarque, mais toi !

– L'autre, il a un nom.

– Et c'est lui qui prend ma défense, maman ! Après, il te signifie qu'on est chez lui, et toi, tu ne trouves rien à redire ! Maintenant, je dois supporter sa connasse de fille !

– Arrête ! intervient Valérie.

Mais Alma ne parvient pas à maîtriser sa colère.

– Oui, sa connasse de fille ! Elle me cherche tout le temps ! Par pure jalousie ! Et l'autre, ton Georges, il me fait plein de risettes, je ne sais même pas pourquoi…

– Parce qu'il veut bien s'entendre avec toi, plaide Valérie. Il t'a adoptée, d'une certaine manière. Oui, on est chez lui, et il est très généreux…

Alma n'est pas convaincue par le plaidoyer de sa mère.

– Maman, cette maison, c'est ton histoire. Ne me demande pas d'en faire la mienne.

– Je voudrais seulement que ce soit la nôtre, Alma, un peu la nôtre.

– La nôtre, c'était avec papa !

*

* *

Alma, Caroline et Solana entrent timidement dans le cabinet de la juge d'instruction qui, pour la première fois, les a convoquées toutes les trois ensemble. La solennité des lieux et l'importance de l'enjeu les impressionnent beaucoup.

Après les avoir observées chacune son tour un long moment, comme si elle cherchait à percer un mystère qui se cacherait en elles, la juge se décide à prendre la parole.

– Mesdemoiselles, je vous ai fait venir pour vous informer que mon dossier d'instruction concernant le décès de vos pères est quasiment bouclé.

Les trois filles retiennent leur souffle.

– Mes conclusions, continue la juge, vont dans le sens d'une responsabilité avérée de la direction de la mine, notamment de M. Scipio.

Caroline, songeant à Didier, ne peut se retenir de l'interrompre.

– Mais le porion n'est pas le seul responsable !

– Le principal, en tout cas, précise calmement la juge. C'est d'ailleurs la raison pour laquelle je le maintiendrai en détention jusqu'au procès, qui devrait débuter bientôt. Il risque d'y avoir du remue-ménage dans le bassin houiller.

À la fois impatientes et inquiètes à la perspective, désormais imminente, d'affronter un procès public, les filles restent silencieuses.

– Mais avant de clore définitivement mon dossier, reprend la juge d'un air grave, je voudrais de nouveau vous poser une question... Elle n'est pas nouvelle, mais il faut que vous sachiez que la partie adverse émet un doute sérieux à cet égard.

La juge fait signe à sa greffière de se tenir prête à prendre en note la réponse des filles.

– Êtes-vous certaines, leur demande-t-elle, que vos pères ne se connaissaient pas ?

D'un même mouvement spontané, les filles font non de la tête.

– Bien sûr, ils se croisaient, tient à préciser Alma, comme tous les mineurs. Mais pas plus.

– Et vous n'imaginez pas, insiste la juge, qu'ils aient pu avoir des relations anciennes dont vous n'auriez rien su ? Des relations qui dateraient d'avant votre naissance ?

– Nos mères nous l'auraient dit ! proteste Alma. Elles-mêmes vous ont confirmé que ce n'était pas le cas.

– C'est exact, reconnaît la juge. Si vous maintenez vos déclarations, je vais vous demander de signer votre déposition. Je pense que nous n'aurons plus besoin de nous revoir.

Les filles signent le court procès-verbal établi par la greffière et, légèrement déboussolées par l'entretien, saluent la juge avant de quitter son cabinet.

– Je ne comprends pas pourquoi la juge nous chante toujours la même chanson, s'irrite Solana une fois dans le couloir. On le saurait si nos pères se connaissaient !

– Et puis qu'est-ce que ça change ? renchérit Caroline.

Pourtant, un souvenir étrange vient cogner à la mémoire d'Alma. Elle s'arrête de marcher et regarde intensément ses deux copines.

– Il y a quand même un truc… Deux jours avant l'accident, mon père a reçu des coups de téléphone bizarres... Il avait l'air très gêné que je sois là.

– C'était peut-être une femme... suppose Solana.

– Non ! affirme Alma. Il était trop triste du départ de ma mère. Il ne l'aurait pas remplacée si vite.

Le souvenir exhumé par Alma en réveille un autre chez Caroline. Elle plisse les yeux, comme pour mieux se souvenir.

– Moi, mon père, quelques jours avant l'accident, il m'a dit qu'il allait gagner le gros lot et qu'il me donnerait de l'argent pour aller faire de la mode à Paris. Et il est mort précisément le jour où il était censé rafler la mise.

Occupées à fouiller dans leur mémoire, les filles reprennent leur progression vers la sortie du palais de justice.

– Pourquoi tu as défendu le porion devant la juge ? demande Solana à Caroline.

– Je l'ai pas défendu ! se récrie-t-elle. J'ai seulement dit qu'il n'était peut-être pas le seul responsable de l'accident ! Après tout, il est possible que mon père ait commis une imprudence ! Ou le tien, Alma ! Ou le tien, Sol...

– Pourquoi tu dis ça ? l'interrompt brutalement Alma.

– Parce que c'est quand même bizarre qu'ils se soient retrouvés ensemble dans un endroit où ils ne devaient pas aller.

Un bel homme d'une quarantaine d'années, portant une robe noire d'avocat, apparaît alors dans le hall du palais de justice, les bras chargés de dossiers. En voyant Alma, il marque un temps d'arrêt.

– Que faites-vous là ? lui demande-t-il, un charmant sourire aux lèvres.

– Oh, rien ! rougit-elle.

– C'est plus calme ici qu'à l'université, note-t-il en référence au mouvement de grève.

Il salue aimablement Alma et poursuit son chemin. Encore troublée par cette rencontre fortuite, la jeune fille le regarde s'éloigner, les yeux pleins d'admiration.

– C'est Me Duparcq, mon prof de droit pénal, bredouille-t-elle à l'intention de ses copines qui s'amusent de l'émoi qui s'est emparé d'elle.

– Beau mec… apprécie Caroline.

– T'es obsédée, toi ! plaisante Solana.

Les trois filles éclatent de rire, comme en une réconciliation.

*
* *

Au terme d'une dure journée passée dans les entrailles de la terre, les mineurs se retrouvent en nombre au Chez Micheline. On trinque, on joue aux cartes, on prend des nouvelles des uns et des autres, on discute de l'avenir incertain de la mine.

Mariano, le visage encore noirci de poussière de charbon, entre à son tour dans le bistrot et rejoint un collègue au comptoir. Caroline, que l'activité de serveuse n'enchante guère, s'approche de mauvaise grâce pour prendre sa commande.

– Chaque fois que je sors du trou, dit-il en soupirant à son collègue, je me dis que la mine ne m'a pas eu cette fois-là.

– C'est aussi ce que devait se dire mon père, rétorque Caroline sur un ton désagréable.

Réalisant un peu tard qu'il a gaffé, Mariano s'empourpre.

– Je suis désolé, Caro...

Elle dépose une bière devant lui d'un geste si brusque que la mousse gicle sur le zinc. Par chance, le téléphone sonne. Caroline s'éloigne pour répondre puis brandit le combiné.

– C'est pour toi, maman !

Micheline, qui officiait en salle, revient vers le comptoir en s'essuyant les mains à son tablier.

– C'est qui ?

– Un monsieur. Il n'a pas voulu dire son nom.

– Passe-le-moi en haut, il y a trop de bruit ici.

Micheline quitte la salle et monte dans l'appartement.

– Ne quittez pas, dit Caroline à son interlocuteur.

Elle raccroche quand sa mère prend la ligne.

– Un homme qui appelle ta mère… commente le collègue de Mariano, l'œil égrillard.

– Occupe-toi de tes oignons ! répond Caroline sur un ton revêche.

En toute fin de journée, à la nuit tombée, Micheline ouvre discrètement la porte de son bistrot, où les chaises sont rangées sur les tables. Après s'être assurée qu'aucun passant ne circule dans la rue, elle relève le col de son manteau et file en tâchant de ne pas se faire remarquer. Dix minutes plus tard, elle s'arrête devant une grande maison dans les hauts de Chambries, vérifie l'adresse qu'elle a notée sur un bout de papier et sonne au portail.

Le directeur de la mine vient lui ouvrir la porte. Il jette un œil dans la rue, puis invite Micheline à entrer dans le jardin de la maison.

– Il vaut mieux qu'on ne vous voie pas devant chez moi.

Micheline dévisage avec méfiance l'homme qui lui fait face et qu'elle tient pour responsable de la mort de son mari.

– Je vais tout de suite entrer dans le vif du sujet, lui dit-il. Vous avez reçu la visite d'un huissier récemment ?

– Oui. J'ai un peu de retard dans le loyer.

– Pas un peu : douze mois.

Ne pouvant contester l'évidence, Micheline reste coite.

– Je sais que la vie a été difficile pour vous ces derniers temps, reprend le directeur sur un ton exagérément compatissant.

– Elle l'est toujours.

– C'est pourquoi je vous ai téléphoné tout à l'heure. Nous voulons vous aider. Les Houillères m'ont mandaté pour vous proposer d'effacer la totalité de votre dette. Bien entendu, il y aurait une contrepartie…

Micheline frémit à l'idée d'être l'objet d'un chantage.

– Je ne suis pas née de la dernière pluie ! Vous voulez quoi en échange ?

– Vous allez voir la juge et vous lui dites que la veille de l'accident, vous avez vu votre mari et ses deux copains mineurs discuter ensemble.

– Ils n'étaient pas copains ! proteste Micheline.

– Dites à la juge que c'est précisément parce qu'ils n'étaient pas copains que vous avez été étonnée de les voir ensemble.

– Mais c'est faux !

– Ça pourrait être vrai…

– Non, ils se connaissaient à peine !

– Mais suffisamment pour qu'ils se parlent… Votre témoignage changerait beaucoup de choses pour vous. Les Houillères sauront se montrer généreuses, très généreuses.

L'argument ébranle la résolution de Micheline.

– C'est-à-dire ?

– Ça pourrait se discuter…

– Pourquoi les Houillères feraient ça ?

– Pour que la balance de la justice penche du bon côté. Le procès de Liévin leur a coûté très cher l'an dernier. Les Houillères se soucient de leur réputation…

Percevant l'hésitation de Micheline, l'ingénieur veut pousser son avantage.

– À l'inverse, si vous ne faites pas ce que les Houillères vous demandent, vous serez expulsée à la fin du mois. Du bistrot et de l'appartement. Avec votre fille…

– Vous trouvez que c'est propre de faire une chose pareille ? se cabre Micheline, outrée par la menace brandie par l'ingénieur.

D'un simple mouvement de tête, elle le salue et repart vers la porte du jardin. Il la retient par le bras et, dans l'espoir de rattraper sa maladresse, lance son va-tout.

– Disons douze mois de loyer, plus douze autres mois…

Micheline est davantage surprise qu'intéressée par la nouvelle proposition.

– Dix ans, pendant que vous y êtes ! lui lance-t-elle par défi.

– Ça peut s'envisager… répond, à sa grande surprise, l'ingénieur.

Micheline est fortement déstabilisée par l'offre mirifique qui lui est faite. Dix années sans payer le moindre loyer, ce serait pour elle la garantie de sauver son bistrot.

– Dix ans sans loyer, argumente l'ingénieur, c'est presque un titre de propriété.

Plongée en pleine confusion, Micheline baisse les yeux. Elle se retourne finalement et, sans un mot, franchit la porte du jardin. Serrant son sac à main contre elle, elle s'éloigne d'une démarche incertaine dans la rue sombre.

*

*   *

Dans un amphi de l'université de Lille, les étudiants écoutent avec attention la fin du cours de droit pénal dispensé par Me Duparcq. Captivée par ses propos, Alma noircit son cahier de notes.

Le cours achevé, l'avocat se lève et donne rendez-vous la semaine suivante à ses élèves. Il adresse à Alma un rapide sourire, auquel elle répond timidement.

À la sortie de l'amphi, Rodolphe, l'œil aguicheur, la cueille par surprise.

– Si je te propose de venir avec moi à un débat sur la dictature de Pinochet au Chili, tu dis quoi ?

– Je dis non, répond sans hésiter Alma, quoique flattée par l'invitation.

– Ça ne t'intéresse pas, le Chili ?

– Si, mais je n'ai pas le temps, je ne peux pas me permettre de redoubler. Toi, tu t'en fous, tes parents peuvent payer tes études.

Rodolphe est sincèrement étonné par l'argument d'Alma.

– Tu rigoles ! J'ai vu ta baraque l'autre jour, quand je t'ai ramenée. En comparaison, chez moi, c'est un taudis !

Elle se plante face à lui, irritée qu'il ait pu croire que la maison de Vilson était la sienne.

– Ce n'est pas *ma* baraque !

– C'est celle où tu vis, en tout cas. Ne me fais pas croire que c'est la misère chez toi !

L'insistance de Rodolphe la met en colère.

– Je vais t'expliquer... Ma mère, elle est infirmière. Et mon père, il était mineur, comme mon grand-père. Mais mon père, manque de chance, il a été tué par un coup de grisou il y a tout juste un an. Voilà, c'est ça, ma vie. Pour m'en sortir, il faut que je bosse dur. Pas comme toi. Donc, le Chili, ça m'intéresse, mais seulement si j'ai du temps libre, ce qui n'est pas le cas en ce moment. Maintenant, fous-moi la paix !

Elle tourne aussitôt les talons, laissant Rodolphe abasourdi.

– Quel con je suis ! s'accable-t-il en shootant dans une poubelle.

Dans le hall de la fac, où un groupe d'étudiantes distribuent des tracts du MLF, Alma tombe en arrêt devant Caroline, qui l'attend adossée contre un mur, le visage crispé.

– Faut que je te dise un truc, commence-t-elle avant même qu'Alma ait eu le temps de l'embrasser.

Elles vont s'isoler à l'écart pour parler plus tranquillement.

– Qu'est-ce qui se passe ? lui demande Alma, intriguée.

– J'ai un retard de règles.

– Ça arrive…

– À moi, jamais. C'est ce qui m'inquiète.

– T'as des raisons d'être inquiète ?

Caroline fait oui de la tête.

– On va acheter un test de grossesse. On verra après. Il n'y a pas de raison de paniquer.

– J'oserai jamais demander ça dans une pharmacie, confesse Caroline.

Alma l'attrape par la main et l'entraîne vers l'extérieur.

– Je m'en occupe.

Une heure plus tard, dans le car qui les ramène à Chambries, les deux copines lisent attentivement le mode d'emploi du test de grossesse qu'Alma s'est procuré dans une pharmacie.

– Faut faire pipi dessus ? s'interroge Caroline.

– Peut-être que ça marche si tu le trempes dedans.

– J'espère que ma mère ne verra rien ! C'est ce qui me fait le plus peur. Et t'imagines la honte si ça se sait à Chambries ?

– Non, personne ne le saura, on s'arrangera entre nous. Peut-être même que le test sera négatif.

Après une longue hésitation, Alma se décide à poser la question qui lui brûle les lèvres.

– C'est qui le père ? Enfin, le mec avec qui tu as fait ça ?

Caroline s'efforce de dissimuler son embarras. Elle revoit la scène où, devant le bistrot de sa mère, elle avait un soir succombé à l'étreinte de Didier. Comment pourrait-elle maintenant avouer à ses copines qu'elle a de nouveau couché avec le fils du porion, l'homme qui est accusé d'être le principal responsable de la mort de leurs pères ?

– Tu ne le connais pas.

– Mais tu l'as rencontré où ? insiste Alma.

– Au bistrot. Mais je n'ai pas envie d'en parler. C'était une connerie, j'en suis pas fière... Point final.

Alma doit battre en retraite.

– OK ! OK ! Fais ton test tout de suite, et on se retrouve ce soir chez Solana.

Arrivées à Chambries, les deux filles se séparent : Alma se chargera de prévenir Solana pendant que Caroline s'occupera de faire son test.

En fin de journée, devant la maison de Solana, Alma et Caroline attendent le retour de leur copine. Le test de grossesse a rendu son verdict : Caroline est bien enceinte. Il va falloir se concerter pour prendre une décision.

Pressée de rentrer chez elle, Solana fonce à vive allure sur sa moto dans les rues de Chambries. Au moment d'arriver devant sa maison, elle écrase trop brusquement la pédale de frein. Sa roue arrière dérape, couchant l'Ossa sur le flanc. Solana est éjectée de l'engin.

Affolées, Alma et Caroline se précipitent pour la secourir.

– Merde ! hurle Solana tout en se relevant avec difficulté.

Les mains tremblantes, elle détache la sangle de son casque. Son pantalon et son blouson sont déchirés de haut en bas. Mais c'est surtout l'état de l'Ossa qui la désespère : les rétroviseurs et le carénage ont littéralement explosé sous le choc.

– La moto de mon père… se lamente-t-elle.

Caroline et Alma l'aident à redresser l'engin et à le pousser jusqu'à la remise pour le mettre à l'abri.

À l'intérieur de la maison, elles ôtent le blouson de Solana le plus délicatement possible et entreprennent de désinfecter son coude, qui saigne abondamment.

– Tu conduis comme une dingue ! la sermonne Alma. Tu aurais pu te faire vraiment mal.

– On n'est pas là pour parler de ma conduite, la rabroue Solana, mais de la grossesse de Caroline.

Les trois filles prennent place autour de la table du salon.

– Je me suis renseignée, commence Alma. Depuis la loi Veil, on peut avorter légalement. À l'hôpital et tout.

– Je ne veux pas que ma mère soit informée, rétorque Caroline.

– Il paraît que ça marche aussi en utilisant une aiguille à tricoter ou un cintre, dit Solana.

Alma lève les yeux au ciel.

– Avec du DDT et de l'eau de Javel, pendant que tu y es !

– Je pourrais peut-être aller à Paris, s'interroge Caroline.

– Ou en Angleterre, suggère Solana. Ou en Hollande. On se cotisera pour le voyage.

– Et le garçon, qu'est-ce qu'il compte faire ? demande Alma. Il devrait se sentir concerné, lui aussi !

– Je le connais à peine, esquive Caroline.

– Et nous, on le connaît ?

– Non… Je vous l'aurais dit si c'était le cas.

Alma presse la main de Caroline.

– Tu dois aller lui parler dès ce soir. C'est sa responsabilité autant que la tienne.

Tard dans la soirée, après avoir discuté pendant des heures et fumé d'innombrables cigarettes, les trois copines se séparent. Caroline s'assure qu'Alma part de son côté vers les beaux quartiers de Chambries, avant de bifurquer discrètement dans la rue qui mène chez Didier.

Quand elle parvient devant sa maison, elle remarque que la lumière de sa chambre est encore allumée. Elle s'approche de la fenêtre et frappe doucement au carreau. Didier apparaît, les cheveux en bataille. Désagréablement surpris par la visite si tardive de Caroline, il lui fait signe qu'il vient la rejoindre dehors.

– T'es complètement givrée de venir ici ! l'attaque-t-il d'emblée. T'as vu l'heure ?

Elle le fixe droit dans les yeux.

– Je suis enceinte.

Didier est frappé de stupeur.

– De qui ? bredouille-t-il.

– De toi, évidemment !

Il passe les mains sur son visage.

– Je ne te crois pas !

– Pourtant, c'est comme ça ! Tu es le père de l'enfant que je porte.

– Et… Qu'est-ce que tu comptes faire ?

Caroline lui renvoie la question du tac au tac.

– Et *toi*, qu'est-ce que tu comptes faire ?

– Pourquoi ça me concernerait ? Je ne suis pas forcément responsable.

– Si, tu es *forcément* responsable. Il n'y en a pas eu d'autre.

Didier allume une cigarette pour se donner une contenance.

– J'ai entendu dire qu'en buvant de la moutarde avec de l'eau, ça peut passer… Ou en se serrant très fort le ventre.

– Non, Didier, je vais aller à Paris. Ou à l'étranger. Mais ça coûte très cher. Et je n'ai pas de fric. Il faudrait que tu m'aides.

– Moi non plus, je n'ai pas de fric. Pourquoi je t'aiderais, je n'ai rien à voir avec ton histoire !

Caroline se dresse face à lui, rageuse.

– Tu te fiches de moi ! Qu'est-ce qu'on a fait l'autre soir ?

Il reste muet, refusant de faire face à ses responsabilités. Caroline le dévisage avec mépris.

– Je n'oublierai jamais ça, Didier !

Elle fait demi-tour et, les yeux baignés de larmes, s'éloigne en courant. Didier tente à peine de la retenir. La voyant disparaître dans la nuit, il hausse les épaules et rentre chez lui.

*
* *

En bleu de travail et munie d'un chiffon graisseux, Solana finit de nettoyer les pompes à essence du garage où elle travaille quand une voiture stoppe à sa hauteur.

– Je vous fais le plein ? demande-t-elle machinalement au conducteur.

L'homme sort de sa voiture.

– Non, c'est pour une vidange, répond-il d'une voix affable.

Solana a tout de suite reconnu Lambert, l'imprimeur qui habite en face du photographe de Chambries. Depuis sa fenêtre, il avait observé les trois filles le soir où elles étaient venues récupérer la caméra du père de Caroline en brisant la vitre de la boutique. Mais s'il avait tout vu, il n'avait rien dit à personne. Bien qu'ignorant les raisons de son silence, Solana lui en est restée reconnaissante.

Soucieuse de se montrer serviable, elle lui propose de s'occuper immédiatement de sa vidange.

– Je vais mettre votre voiture sur le pont. Elle sera prête dans un quart d'heure.

– Merci, sourit Lambert, c'est gentil.

Solana monte à bord de la voiture et la conduit sur le pont à l'intérieur du garage. Son patron surgit telle une furie du bureau et l'apostrophe d'une voix cassante.

– Tu fais les vidanges, maintenant !

– Ce n'est pas difficile, se défend Solana.

Mais le garagiste ne veut rien entendre.

– Je te paie pour l'essence et le lavage ! Pas pour le reste !

Lambert s'approche.

– C'est moi, qui lui ai demandé de s'en occuper, intervient-il d'un ton calme.

– Elle n'a pas les compétences requises, rétorque fermement le garagiste.

– Si, je sais le faire, plaide Solana, j'ai déjà...

Son patron lui coupe la parole.

– On ne t'a pas sonnée, toi !

Choqué par les propos du type, Lambert se dresse face à lui.

– Vous devriez parler plus aimablement à votre personnel.

Le garagiste le toise d'un œil mauvais.

– De quoi je me mêle ? C'est vous qui le payez, mon personnel ?

– Ça ne vous donne pas le droit de le maltraiter, même verbalement.

– Qu'est-ce qu'il raconte, celui-là ? s'emporte le patron, menaçant. Va te faire vidanger le fion ailleurs !

Voulant mettre un terme à l'altercation, Solana monte dans la voiture de Lambert pour la redescendre du pont. Mais le garagiste l'en sort *manu militari*.

– Dégage, c'est pas ton boulot !

Lambert empoigne le garagiste au col.

– On ne traite pas les gens comme ça !

L'homme se dégage et écrase son poing sur le nez de l'imprimeur, qui pisse le sang. Il esquisse un geste pour se défendre mais s'arrête net, comme paralysé par une violente douleur. Il porte la main à son cœur et, le souffle court, vacille sur ses jambes. Solana se précipite pour le soutenir.

– Cassez-vous tous les deux, braille le garagiste, je ne veux plus vous voir ici !

Rouge de colère, Solana le fixe droit dans les yeux.

– Depuis que je travaille ici, j'ai qu'un seul rêve : te dire que t'es un salaud et que tu pues ! Je vais te faire une pub d'enfer dans toute la ville, connard !

D'une démarche chancelante, Lambert entraîne Solana vers sa voiture. Il lui ouvre la portière côté passager tout en s'épongeant le nez. Une fois installé derrière le volant, Solana à ses côtés, il sort du garage.

– Vous n'avez pas pris vos vêtements, s'inquiète Lambert tandis que la voiture roule vers le centre de Chambries.

– Ce n'est pas le plus grave…

– C'est quoi, le plus grave ?

– C'est que je viens de perdre mon boulot.

Lambert pose sur elle un regard bienveillant, presque paternel.

– Je voudrais vous montrer quelque chose, lui dit-il, énigmatique.

La voiture se gare devant son imprimerie, face au magasin du photographe. Solana descend la première.

– Pourquoi m'amenez-vous ici ? demande-t-elle, un peu méfiante.

– Je vais vous faire visiter ma petite usine.

Ils entrent dans l'imprimerie, installée au fond de la cour. Solana découvre les rotatives tournant à plein régime, derrière lesquelles s'activent une dizaine de typographes. En digne héritière de son père et de son attirance pour la mécanique, elle est aussitôt fascinée par ce lieu, infiniment plus vivant que le garage où elle travaillait.

Elle s'approche d'une grosse machine.

– Qu'est-ce que vous imprimez ? demande-t-elle avec intérêt à Lambert.

– Plein de choses : journaux, dépliants, affiches, tracts…

Un homme d'une soixantaine d'années au visage jovial les rejoint. Il porte une blouse de travail et ses mains sont noircies par l'encre.

– Tu t'es cogné ? rigole-t-il en avisant le mouchoir que Lambert s'est collé sous le nez.

– Un mauvais geste, élude l'imprimeur. Léonard, je te présente Solana.

Surprise, elle fronce les sourcils.

– Comment vous connaissez mon nom ?

Lambert marque un léger trouble. Léonard vient à sa rescousse.

– Tout le monde se connaît à Chambries. Moi, donc, c'est Léonard.

Elle le salue en serrant l'avant-bras qu'il lui tend.

– Ça vous dirait d'apprendre l'imprimerie ? lui propose Lambert de but en blanc.

Solana est interloquée par une proposition aussi inattendue. Elle fixe les deux hommes, qui, sourire aux lèvres, guettent sa réponse. Elle se tourne vers les machines, puis vers eux.

– Pourquoi vous feriez ça ?

– Pour le plaisir d'entendre une voix féminine le matin ! plaisante Léonard.

– C'est pas une compétence, ça ! rétorque-t-elle.

– Non, mais un plaisir ! ajoute Lambert. Pour nous, en tout cas.

– Ça peut s'essayer… lâche-t-elle du bout des lèvres, encore stupéfaite par le tour pris par la discussion. Je vais y réfléchir et je reviendrai vous voir.

Après avoir jeté un dernier regard circulaire sur les rotatives en mouvement, elle quitte Lambert et Léonard. Et dans la rue, elle doit se maîtriser pour ne pas bondir de joie. Elle sait déjà, à cet instant, qu'elle acceptera avec un immense plaisir leur proposition, qui ne pouvait mieux tomber.

*
* *

L'air préoccupé, Alma pénètre dans le vaste hall de l'université de Lille et cherche Rodolphe du regard. Elle l'aperçoit près des panneaux d'affichage, en grande discussion avec les autres leaders du mouvement étudiant en lutte contre la loi Saunier-Seïté. À peine a-t-il remarqué l'arrivée d'Alma qu'il se détache du groupe pour venir l'embrasser.

– Je suis désolé pour la dernière fois, commence-t-il, non sans délicatesse. Je ne savais pas que ton père...

– Ce n'est pas grave, l'interrompt-elle, amusée par son embarras.

Ils s'éloignent en silence vers le parvis de l'université. Ne sachant comment introduire le sujet délicat dont elle est venue lui parler, Alma se tord les mains un long moment.

– J'ai un truc à te demander… finit-elle par lui dire. C'est pas pour moi, c'est pour une copine… Une grossesse non désirée… lâche-t-elle dans un souffle.

Persuadé que la copine en question n'est autre qu'Alma elle-même, Rodolphe se fige. Il ne s'attendait pas à une telle nouvelle, et encore moins à ce qu'elle la lui annonce de vive voix.

Comprenant qu'un nouveau malentendu pourrait s'instaurer entre eux, Alma se récrie aussitôt.

– Non, non, ce n'est pas moi !

La dénégation ne suffit pas à convaincre Rodolphe, toujours crispé.

– Je te promets ! insiste-t-elle avec force.

Le soulagement qu'elle perçoit chez Rodolphe suscite en elle un certain trouble.

– Pourquoi tu me parles de ta copine ?

– Parce qu'elle voudrait avorter. Et chez les mineurs, on ne sait pas bien comment se débrouiller avec ça. Peut-être que dans ton milieu, ce sera plus facile.

Rodolphe réfléchit un instant, puis prend Alma par la main.

– Viens, j'ai une idée.

Il l'emmène jusqu'à sa 4L, stationnée non loin de l'université, et l'invite à monter à bord.

Quelques minutes plus tard, il s'arrête devant un bel immeuble du vieux Lille.

– Mes parents habitent ici, annonce Rodolphe. Je vais te présenter à ma mère, tu pourras parler avec elle.

– Mais je ne la connais pas ! objecte Alma, terrorisée à l'idée de se confier à une adulte au sujet d'un problème d'avortement.

– Ne t'inquiète pas, elle est très sympa. C'est une journaliste qui s'est beaucoup battue pour la loi Veil. Elle connaît tout le monde à Lille.

Alma suit avec réticence Rodolphe dans la cage d'escalier. Il ouvre la porte de l'appartement et appelle sa mère. Marion, une jolie femme blonde d'une quarantaine d'années, apparaît pieds nus, vêtue d'un jean et d'une tunique indienne.

Rodolphe présente Alma à sa mère, qui les convie à s'installer dans le salon. La grande pièce, où dominent les meubles en rotin et les tentures en soie, est envahie de livres et de journaux. Aux murs, s'exhibent des affiches défendant la liberté d'avorter et la grève des ouvriers de Lip.

– Vous êtes à la fac ensemble ? demande Marion, très avenante.

– Oui. Mais je suis seulement en première année.

– Maman, intervient Rodolphe, Alma voudrait te parler de quelque chose d'important. Mais je préfère vous laisser seules…

Voyant Alma s'empourprer, un rictus d'appréhension, à peine perceptible, se dessine sur le visage de Marion. Tandis que Rodolphe s'éclipse de la pièce, elle invite Alma à s'asseoir sur un fauteuil.

– Vous êtes majeure ?

– Oui… répond Alma, qui n'a pourtant pas saisi le sens de la question.

– Donc, poursuit Marion, il n'est pas nécessaire que vos parents soient informés.

– D'accord…

– La loi Veil stipule que la grossesse doit avoir moins de dix semaines.

– C'est le cas, madame, on est dans les délais.

– Bon, conclut Marion en attrapant un bloc-notes sur son bureau. Je vais vous donner l'adresse du planning familial. Je les préviendrai de votre visite. Mais il faudra attendre une semaine avant de confirmer ou non la décision d'avorter.

Marion se lève brusquement et dévisage Alma avec gravité.

– Et j'espère que la décision sera confirmée !

– Pourquoi vous me dites ça ? bégaye Alma, intimidée par la réaction abrupte de Marion.

– Parce que j'ai peut-être l'âge d'être grand-mère, mais Rodolphe n'est absolument pas mûr pour être père.

Avant qu'Alma ait eu le temps de réagir, Marion s'avance vers la porte du salon et appelle son fils d'une voix autoritaire. Il surgit aussitôt dans la pièce.

– Il ne suffit pas de faire le con ! le tance-t-elle. Encore faut-il en assumer les conséquences. J'espère que tu accompagneras Alma dans ses démarches !

Comprenant qu'un fâcheux quiproquo s'est installé depuis le début dans la conversation, Rodolphe et Alma éclatent de rire.

– Mais maman, ce n'est pas moi ! s'exclame Rodolphe.

– Et pas moi non plus ! affirme Alma.

– Mais c'est qui, alors ? balbutie Marion, complètement tourneboulée.

– Une amie ! répondent-ils en chœur.

À son tour, Marion éclate de rire. Rodolphe, désireux de mettre un terme à une situation embarrassante, embrasse sa mère et propose à Alma de la raccompagner à Chambries. Elle accepte avec un grand sourire. Ils s'enfuient de l'appartement, laissant Marion les bras ballants au milieu du salon.

– Tu lui en as amené beaucoup des comme moi, à ta mère ? plaisante Alma en grimpant à bord de la 4L de Rodolphe.

– Beaucoup, non. Mais quelques-unes, oui.

Alma hausse les épaules sans répondre.

Arrivée à Chambries, la 4L se gare devant la maison de Vilson, que Rodolphe contemple avec circonspection.

– Elle est à qui, cette grosse baraque ?

– Au mec de ma mère, soupire Alma avec une moue d'antipathie.

– C'est qui ?

– Tout ce que tu détestes…

Ils se tiennent silencieux l'un à côté de l'autre, ne sachant comment se dire au revoir. Alma prend finalement l'initiative de se pencher vers lui et de déposer un délicat baiser sur ses lèvres. Il voudrait la retenir et l'enlacer tendrement, mais elle s'est déjà échappée de la voiture.

– Merci pour ma copine ! lui lance-t-elle en s'éloignant.

Rodolphe contemple la jolie silhouette d'Alma traverser la cour pavée puis gravir les marches du perron. Sans se retourner, elle disparaît dans la maison.

*
* *

Deux semaines plus tard, tandis qu'elle prépare ses affaires pour se rendre le lendemain matin à l'hôpital de Lille, Caroline est soudainement gagnée par une bouffée d'angoisse. À la peur d'être meurtrie lors de l'avortement, s'ajoute la crainte de ne pouvoir en préserver le secret vis-à-vis de sa mère.

Elle sort de sa chambre et descend dans le bistrot. La nuit est déjà tombée, mais Micheline n'est toujours pas rentrée de ses courses dans le centre de Chambries. Se sentant désespérément seule, Caroline décroche le téléphone et appelle Alma.

– J'ai la trouille pour demain, sanglote-t-elle dans le combiné.

– Tout va bien se passer, tente de la rassurer sa copine. Je resterai tout le temps avec toi.

Caroline ferme les yeux en songeant à l'éprouvante journée qui l'attend.

– Je voulais te remercier, Alma, pour tout ce que tu as fait. Ça me soulage que tu viennes avec moi, tu ne peux pas savoir !

Micheline, un cabas sous le bras, ouvre brusquement la porte du bistrot. Se sentant prise en faute, Caroline sursaute.

– Je te laisse, murmure-t-elle à Alma, ma mère vient d'arriver. À demain…

Elle raccroche précipitamment l'appareil et s'éponge les yeux avec la manche de son pull.

– C'était Alma, dit-elle à sa mère sur un ton qu'elle voudrait détaché.

Mais Micheline, le visage triste, ne prête aucune attention au propos de sa fille. Elle enlève son manteau et passe derrière le bar.

– Il y a un type des Houillères qui t'a téléphoné tout à l'heure, poursuit Caroline. Il a dit que tu étais au courant et que tu devais le rappeler de toute urgence.

Micheline lâche un soupir de profonde lassitude.

– Je sais…

Elle s'adosse contre le mur et cache son visage dans ses mains.

– Ça ne va pas, maman ? s'inquiète Caroline. Qu'est-ce qui se passe ?

Micheline hésite un long moment avant de parler, puis regarde vers sa fille.

– Les Houillères me font un chantage. Si je ne dis pas que ton père connaissait les deux autres, on est virées d'ici. Tu te rends compte : ils veulent nous expulser du café de ma mère et de ma grand-mère !

Caroline est frappée de stupeur.

– Qu'est-ce que c'est que cette histoire !

– Je ne comprends pas... bredouille Micheline, fataliste. La juge nous a posé plein de fois la même question. Mais qu'est-ce que ça changerait s'ils se connaissaient ?

La mère et la fille, accablées par le sort, restent silencieuses. Pour Caroline, c'est un second cataclysme qui s'abat sur elle.

– L'homme qui cherchait à me joindre tout à l'heure, reprend Micheline, c'est le directeur de la mine. Il veut que je fasse un faux témoignage. Mais je t'en supplie, n'en parle à personne. Sinon, on risque de tout perdre.

– D'accord, maman...

Hébétée, Caroline abandonne sa mère dans le bistrot, remonte dans l'appartement, ferme machinalement la porte de sa chambre et s'écroule en larmes sur le lit.

Le lendemain matin, comme elle s'y était engagée, Alma l'a accompagnée à l'hôpital de Lille et l'a attendue jusqu'à ce qu'on l'autorise à rentrer chez elle. Si l'intervention s'est parfaitement déroulée, Caroline accuse le coup moralement. Son avortement a été une épreuve douloureuse.

Dans le car qui les ramène à Chambries, Caroline regarde avec mélancolie le paysage défiler. Assise à côté d'elle, Alma essaie de la consoler.

– C'est fini, maintenant…

Mais Caroline, très pâle, se sent tellement misérable qu'aucun mot de réconfort ne pourrait l'arracher à sa peine.

– J'ai l'impression d'avoir tout raté. Je voulais aller à Paris pour faire de la mode, je voulais rencontrer un garçon, je croyais que Didier serait le bon, et voilà où j'en suis… Quelle vie de merde…

Alma se raidit.

– Didier ? C'est lui, le garçon ?

Consciente d'avoir commis une énorme bévue, Caroline tente de se reprendre.

– Mais non !

– Si, tu viens de le dire, réplique Alma sur un ton glacé.

Caroline n'a pas la force de mentir plus longtemps à sa copine. Ses digues cèdent.

– Oui, c'est lui… concède-t-elle.

Alma la considère avec un rictus de dégoût.

– Comment tu as pu faire ça !

Des larmes coulent en abondance sur les joues de Caroline.

– Je ne sais pas ce qui m'a pris... On s'est croisés devant le bistrot le soir de l'anniversaire de Solana, et puis...

– Le soir de l'anniversaire de Solana ! s'emporte Alma. Alors qu'on venait tout juste de pleurer sur la tombe de nos pères ! Et tu ne trouves rien de mieux à faire que de coucher avec le fils du porion, le type qui les a tués ! C'est pitoyable !

– Je l'ai fait, c'est tout, gémit Caroline.

Alma se lève de son siège et va s'asseoir à l'avant, gardant les yeux obstinément rivés sur la route. Quand le car s'arrête sur la grand-place de Chambries, elle en descend la première et s'éloigne rapidement sans regarder derrière elle.

Caroline, éprouvée et honteuse, se tasse sur son siège, incapable de bouger. Si elle le pouvait, elle disparaîtrait loin d'ici.

*
* *

Solana sort de la remise l'Ossa accidentée de son père et la pousse avec peine dans les rues de Chambries jusqu'au réparateur de motos. Le pot d'échappement racle la chaussée, le phare pend lamentablement du guidon et le carénage ne tient plus que grâce à du fil de fer.

À l'entrée de l'atelier, Solana découvre un invraisemblable capharnaüm de pièces détachées. Jantes, carters, carburateurs, fourches s'amoncellent dans le plus grand désordre. Le garagiste, un type d'une trentaine d'années en bleu de travail, pointe son nez en mâchant bruyamment un chewing-gum. Il est surpris de voir qu'une si jolie fille puisse posséder une puissante cylindrée aussi amochée.

Il plisse les yeux en observant l'engin.

– Belle bête... apprécie-t-il. J'en ai jamais vu des comme ça.

– C'est une espagnole, précise fièrement Solana. Une Ossa.

– C'est bien ce que je dis : j'en ai jamais vu.

Il fait le tour de la bécane et siffle entre ses dents en constatant l'ampleur des dégâts.

– Elle a pris un sacré pète...

– Vous pouvez l'arranger ? lui demande anxieusement Solana.

– Je sais pas, il faut d'abord que je regarde.

– Ça prendra combien de temps ?

Le type observe alternativement Solana et la moto, intrigué par l'une comme par l'autre.

– Bougez pas, je vais y jeter un œil.

Il descend la moto de la béquille et l'installe sur une table élévatrice. Solana va s'asseoir au soleil sur un muret qui jouxte l'atelier.

Une demi-heure plus tard, le type passe une tête à l'extérieur et propose à Solana de venir le rejoindre. L'Ossa est presque entièrement désossée, laissant à nu les tubes métalliques du cadre.

– J'ai une bonne et une mauvaise nouvelle, commence le garagiste en s'essuyant les mains dans son chiffon. Je commence par laquelle ?

– La bonne, sourit Solana.

– Je peux la réparer, votre bécane.

– Et la mauvaise ?

– Ce n'est pas une Ossa...

Croyant à une blague, Solana ricane. Mais le garagiste n'a pas l'habitude de plaisanter au sujet des marques de moto. Tout en mâchouillant son chewing-gum, il pointe son index sur le cadre, à l'endroit où le réservoir était fixé.

– Regardez, là.

Scellée sur le tube métallique, Solana découvre une petite plaque qui porte clairement l'inscription « Yamaha », suivie d'un numéro de châssis. Elle se redresse, incrédule.

– Si c'est une Yamaha, c'est pas la mienne.

– Ou alors, c'est qu'elle a été maquillée... rétorque le réparateur, qui semble en avoir vu d'autres en matière de trafics de motos.

Solana fouille fébrilement dans son sac et en sort la carte grise, qu'elle brandit sous le nez du type.

– Vous lisez quoi, là ? s'énerve-t-elle. Yamaha ? Non, Ossa ! Alors, qu'est-ce que vous me racontez !

Sûr de son coup, le garagiste ne prend même pas la peine d'examiner le document.

– Rien n'est plus facile que de falsifier la carte grise d'une moto volée.

Solana le toise, désarçonnée. À court d'arguments, elle tourne les talons et repart à grandes enjambées.

– Je vous la répare, ou quoi, la bécane ? l'interpelle le type. Sinon, je la fous dehors.

Mais Solana ne lui répond pas. Elle marche tête baissée sans savoir précisément où ses pas la conduisent.

*

* *

Comme chaque jour en fin de journée, il y a foule au Chez Micheline, où l'on se presse pour boire une bière et causer entre collègues de travail. La patronne court du comptoir à la salle avant de repartir aussi vite en sens inverse. Sans l'aide de sa fille, il lui est difficile de faire face à l'afflux des clients.

En passant au pied de l'escalier qui mène à l'appartement, elle appelle Caroline et lui demande de descendre lui donner un coup de main.

– Jamais là quand on a besoin d'elle ! râle-t-elle en revenant vers le comptoir. Je ne l'ai même pas vue depuis ce matin !

Un mineur, qui vient d'entrer dans le bistrot, ne peut dissimuler sa surprise.

– Bah si, moi je l'ai vue tout à l'heure. Elle attendait le car qui va à Paris, avec une valise à la main. Tu savais pas ?

Le visage de Micheline se décompose. Non, elle ne savait pas que sa fille devait prendre le car pour Paris. Pour elle, c'est un choc.

– Je reviens, dit-elle d'une voix blanche.

Elle se précipite vers l'escalier et surgit telle une tornade dans la chambre de Caroline. La pièce est impeccablement rangée, le lit est fait. Une enveloppe à son nom l'attend, posée bien en évidence sur la commode. Micheline l'ouvre d'une main tremblante et lit le message que lui a laissé sa fille.

« Ma petite maman. Je pars à Paris. Je n'en peux plus de Chambries et de toutes les gueules noires qui nous entourent. Ça a fini par déteindre sur moi.

Papa me manque trop. Je te donne des nouvelles très vite. Ta fille chérie qui t'embrasse comme je t'aime. »

Se sentant vaciller, Micheline doit s'adosser contre le mur de la chambre. Le départ inattendu de sa fille provoque en elle une terrible appréhension. C'est comme si, après le décès de son mari, elle allait à présent perdre sa fille.

Elle ressort de la pièce d'un pas hésitant et réapparaît hagarde au milieu du joyeux brouhaha qui règne dans son bistrot. Sourde aux commandes que lui adressent les clients, elle se réfugie derrière le zinc.

Mais Micheline n'a pas le temps de se ressaisir. La porte du café s'ouvre théâtralement sur un visiteur que personne n'attendait : le porion. Son apparition provoque la stupeur générale et impose le silence dans la salle.

Le porion s'avance lentement vers le comptoir. Il défie du regard les mineurs, qui s'écartent sur son passage.

– Ils viennent de me libérer ! annonce-t-il à la cantonade, le menton relevé. La juge d'instruction a des éléments nouveaux. Alors je suis venu vous rendre une petite visite…

Il se tourne vers Micheline.

– Les éléments nouveaux, ajoute-t-il sournoisement, ça concerne ton mari. Et ses deux copains qu'on a retrouvés au fond.

Son regard revient ensuite vers la salle.

– Ça va être votre tour de danser !

Et cela dit, il se dirige martialement vers la porte du bistrot et repart, laissant planer derrière lui la menace de révélations fracassantes au sujet des mineurs disparus.

– 4 –

Au pied de l'imposant chevalement de la mine, plusieurs véhicules sont stationnés, dont une estafette de gendarmerie. Une demi-douzaine d'hommes en uniforme montent la garde sur le parvis. Plus loin, un groupe de mineurs, parmi lesquels Mariano, s'impatientent dans le froid du matin. Micheline, Solana et Alma se tiennent l'une à côté de l'autre, les yeux rivés sur l'entrée de la mine. L'atmosphère d'attente anxieuse qui règne autour du puits rappelle le jour tragique du coup de grisou où, au même endroit, les familles attendaient des nouvelles des rescapés.

Remontant des profondeurs du sous-sol, la juge d'instruction, accompagnée de sa greffière, du directeur de la mine et de plusieurs gendarmes, apparaît sur le parvis, casque de protection sur la tête. La juge, le visage renfrogné, vient à la rencontre des trois femmes.

– Je vais devoir vous convoquer à nouveau, leur annonce-t-elle froidement.

– Que se passe-t-il ? s'alarme Alma.

– J'aurai des questions complémentaires à vous poser.

Sans apporter davantage de précisions, la juge repart avec sa greffière. Mariano et les autres mineurs se regroupent autour des trois femmes.

– Pourquoi elle est redescendue dans la mine ? s'interroge Mariano. Je ne comprends pas.

– Elle nous a dit qu'elle avait d'autres questions à nous poser, répond Alma, préoccupée. Mais on ne sait pas de quoi il s'agit.

Micheline, très troublée par les propos de la juge, se détache du groupe.

– J'y vais, il faut que j'aille ouvrir le café.

Solana et Alma saluent les mineurs et lui emboîtent le pas. Toutes les trois s'éloignent dans les rues de Chambries.

– Caroline m'a téléphoné hier soir, dit Micheline d'une voix éteinte. Elle est à Paris.

– Elle va bien ? demande Solana.

La question laisse Micheline dubitative.

– En tout cas, soupire-t-elle, elle me dit qu'elle est très heureuse là-bas.

Tandis que Micheline s'arrête devant son bistrot, les deux copines poursuivent leur chemin en direction de la maison de Solana.

– Qu'est-ce que Caro est allée foutre à Paris ? s'agace Alma.

– À mon avis, elle est partie se cacher. Pour ne pas avoir à s'expliquer sur son histoire avec Didier.

Parvenue à destination, Solana ouvre la porte de sa maison. Alma marque un temps d'arrêt avant d'entrer.

– Je ne sais pas comment tu fais pour rester dans la maison de ton père…

– C'est comme si je vivais avec un fantôme. J'ai l'habitude avec ma mère. Je leur parle à tous les deux. La mort de mon père, ça les a réunis, d'une certaine façon.

– Tu ne veux pas déménager ?

– Tant que les Houillères ne me virent pas…

À l'intérieur, Alma a la surprise de découvrir que l'Ossa désossée trône désormais au beau milieu du salon.

– Qu'est-ce que ça fait là ? s'étonne-t-elle.

Solana se laisse tomber sur le canapé et considère la moto de son père avec perplexité.

– Contrairement à ce que je croyais, ce n'est pas une Ossa, mais une Yamaha.

– Qu'est-ce que ça change ? Moi, je ne vois pas la différence.

Solana hausse les épaules.

– Tu me vois conduire une Yamaha maquillée en Ossa ? Si ça se sait à Chambries, les gens vont dire que mon père s'est fait rouler. J'ai pas envie qu'il passe pour un débile !

Alma s'assied à son tour sur le canapé et prend sa copine dans ses bras. Elles demeurent ainsi, silencieuses et mélancoliques, jusqu'à ce que Solana se relève.

– Il faut que j'aille au boulot, c'est l'heure ! déclare-t-elle, soudain revigorée.

– Et moi à la fac, embraye Alma, c'est l'heure aussi !

Lorsque, après avoir accompagné Alma jusqu'à l'arrêt du car, Solana entre dans l'imprimerie pour prendre son poste, Lambert et Léonard sont en grande discussion avec les ouvriers. Tous les regards convergent dans sa direction. Les échanges s'interrompent brusquement.

– Viens voir, lui dit Lambert d'un air grave.

Solana s'approche, légèrement intimidée par la solennité de la convocation.

– On dirait un conclave...

– Les papes, ce n'est pas notre genre, maugrée Léonard.

Lambert se tourne vers Solana.

– On a un désaccord entre nous, alors on voudrait connaître ton avis. Tu vois le centre commercial qui va bientôt ouvrir sur la route de Frigières ?

Solana fait oui de la tête.

– Ils lancent un appel d'offres pour l'impression de dix mille prospectus. Dix mille par semaine !

L'importance de la commande, telle que l'imprimerie n'en a jamais connu auparavant, fait forte impression sur Solana.

– Qu'est-ce que tu en penses ? demande Lambert. On participe à l'appel d'offres ?

– Bien sûr... répond-elle, étonnée qu'on puisse hésiter à saisir une si belle opportunité.

– On ne va quand même pas travailler pour les supermarchés ! objecte Léonard. Ça tue le petit commerce, ces machins-là !

– Tu défends le petit commerce, maintenant ? l'asticote l'un des ouvriers.

– Je n'aime pas les usines à bouffe ! se défend Léonard. Nuance !

– Moi, perso, je m'en fous, ajoute l'ouvrier. Si ça peut faire grandir la boîte…

Plusieurs de ses collègues approuvent d'un signe de tête. À court d'arguments, Léonard s'en remet à Lambert.

– C'est toi qui décides, patron.

– Non, ce genre de décisions, on les a toujours prises ensemble.

Solana, la mine réjouie, lève la main.

– Moi, je vote pour. En plus, j'adore aller piquer des bonbons dans les endroits où on te vend aussi de la lessive et de la charcuterie !

– C'est ta promenade du dimanche ? s'amuse l'ouvrier tout en levant lui aussi la main.

– Alors, on y va ! déclare Lambert, constatant que la plupart des ouvriers votent également en faveur de la participation à l'appel d'offres.

– Faites ce que vous voulez… maugrée Léonard avant de s'éloigner.

Tandis que les ouvriers retournent derrière leurs machines, Lambert retient Solana.

– Dix mille exemplaires, six pages recto verso. Toutes les semaines. Si on décroche le marché, ce serait un joli coup pour nous.

– Et pourquoi on l'aurait pas, le marché ? s'étonne Solana.

– Parce qu'on va avoir Vilson face à nous. Il possède la plus grosse imprimerie du coin et le quotidien local. C'est une sacrée crapule. Il fera tout pour nous bloquer.

En entendant le nom de Vilson, l'homme qui prétend prendre la place du père d'Alma, Solana se raidit. L'idée d'en découdre avec lui, sur son propre terrain, ne fait qu'accroître sa motivation à défendre les intérêts de l'imprimerie. Ce serait une éclatante revanche qu'elle pourrait offrir à sa copine.

*
* *

Alors qu'elle sort de la fac de Lille, Alma a la joie de constater que Rodolphe, tranquillement adossé à sa 4L, est venu la chercher à la fin de ses cours. Elle s'avance vers lui, tout heureuse de revoir son beau visage, qui lui paraît plus séduisant que jamais.

Rodolphe lui tend un joli panier en osier.

– Qu'est-ce que c'est ? sourit-elle.

– Notre pique-nique ! Jambon, fromage, pain et vin : un festin !

Il lui ouvre galamment la portière de sa voiture.

– Je t'embarque. On va au bord de la mer !

Ravie de cette invitation inopinée, Alma s'installe sur le siège passager et se laisse conduire, la tête posée sur l'épaule de Rodolphe, jusqu'à un charmant village de la côte. Les rayons du soleil percent à travers les nuages et dessinent des arabesques en mouvement à la surface de l'eau.

La 4L stoppe devant une grande villa aux volets clos. Rodolphe escalade la barrière blanche qui l'entoure, puis aide Alma à faire de même.

– Où on est ? lui demande-t-elle, intriguée.

– Chez moi !

Ils filent dans le jardin fleuri jusqu'à l'arrière de la maison. Rodolphe glisse la main par le carreau brisé d'une fenêtre dépourvue de volets.

– Attends-moi là.

Il se faufile à l'intérieur de la maison et, quelques instants plus tard, ouvre la porte du cellier à Alma.

– Mais ce n'est pas chez toi, ici ! s'alarme-t-elle.

– La propriété, c'est le vol. Alors moi, je vole les voleurs !

Ils referment la porte derrière eux. Alma, à la fois intimidée et curieuse, découvre les nombreuses pièces d'une magnifique maison inoccupée dont les meubles sont recouverts de draps blancs.

– Viens, je vais te montrer le plus bel endroit, lui dit Rodolphe en l'entraînant par la main vers l'escalier.

À l'étage, il ouvre triomphalement la porte d'une chambre majestueuse dont les fenêtres donnent sur la plage. La vue est à couper le souffle. À la différence des autres pièces, celle-ci semble occupée. Le lit est fait et des livres traînent sur une table à côté de vêtements empilés.

– Ma chambre ! proclame Rodolphe avec grandiloquence.

Alma ne peut s'empêcher d'éprouver une certaine excitation à pénétrer par effraction dans un lieu aussi incroyable.

– Tu squattes ? demande-t-elle.

– J'emprunte…

– Tu n'as pas peur de te faire prendre ?

– Les propriétaires ne viennent qu'en été. Dans l'intervalle, j'hiberne ici !

Les deux jeunes gens redescendent au rez-de-chaussée pour récupérer leur panier de pique-nique. Avant de sortir de la maison, Rodolphe attrape un cerf-volant multicolore et part en courant vers la plage, déserte en ce jour de semaine.

Les pieds dans le sable, il déploie les ailes du cerf-volant puis le lance en l'air. L'engin, qu'il pilote habilement grâce à deux poignées, prend son envol et virevolte dans le ciel. Alma, la main en visière, suit du regard sa trajectoire fluctuante.

– Je vais t'apprendre, lui propose Rodolphe.

Il se place derrière elle et lui donne les commandes. Ses mains dirigent celles d'Alma.

– Tire en bas… Voilà, comme ça… Maintenant, en haut…

Le cerf-volant pique du nez avant de remonter à la verticale vers le ciel. Alma se recule insensiblement contre Rodolphe, dont elle sent le corps chaud dans son dos. Devenue indifférente aux circonvolutions aériennes du cerf-volant, elle attend que Rodolphe l'enlace.

Mais c'est sa bouche qui vient lui effleurer le cou.

– Tu es belle, lui souffle-t-il à l'oreille.

Alma frémit. Lâchant les poignées du cerf-volant, elle fait volte-face, dévisage Rodolphe un long moment, puis l'embrasse fougueusement. Galvanisée par un désir brûlant, elle lui prend la main et l'entraîne vers la maison. Sans dire un mot, ils empruntent l'escalier pour rejoindre la grande chambre qui donne sur la mer. Là, elle se débarrasse de son manteau et, tournant le dos à Rodolphe, entreprend de déboutonner son chemisier. Il s'approche lentement et pose ses mains sur ses épaules dénudées. Elle ferme les yeux, transportée de bonheur.

– Sois gentil, murmure-t-elle. C'est la première fois...

Plein de délicatesse, il dépose un baiser sur son front, puis sur sa bouche. Le cœur battant, Alma chavire.

Ce n'est que le lendemain dans l'après-midi, après avoir épuisé les provisions du panier de pique-nique, que les deux amants décident à regret d'interrompre leurs fougueuses étreintes. Ils sont restés coupés du monde, ivres de bonheur, ne sortant du lit que pour admirer le coucher de soleil à l'horizon.

De retour à Chambries, Rodolphe dépose Alma devant la maison de Vilson. Depuis la cour pavée, Thomas observe la 4L stationner dans la rue.

– Ça va être chaud pour moi, s'inquiète Alma. Je n'ai pas prévenu que je découcherais.

Elle se penche vers Rodolphe pour l'embrasser avec passion une dernière fois avant de descendre de la voiture. Arrivée à la hauteur de Thomas, elle lui caresse gentiment la tête.

– Tu es montée dans ce truc-là ? l'interroge le garçon en montrant du doigt la 4L qui s'éloigne.

– Ça roule quand même… sourit-elle.

– Alma ! la sermonne-t-il en imitant le ton hautain de son père. Une 4L ! Je suis déçu !

Ils se dirigent ensemble vers le perron et entrent dans la maison.

– En plus, poursuit Thomas, t'as pas dormi là. Je me suis fait du souci, moi ! C'est avec la 4L que t'as couché ?

Pour toute réponse, Alma l'embrasse sur la joue et monte en vitesse dans sa chambre. Deux enveloppes, posées en évidence, l'attendent sur son lit. La première, à en-tête du palais de justice, contient une convocation à une nouvelle audition chez la juge d'instruction. La deuxième renferme une lettre de Caroline, qu'Alma s'empresse de lire : « *Salut les copines. Je suis à Paris. Je commence demain dans une maison de haute couture qui m'a embauchée. Je leur ai montré les dessins qu'on avait faits, avec Solana, pour la robe de mariée, et ils ont trouvé ça fortiche. J'habite chez une amie que j'avais perdue de vue et que j'ai croisée par hasard, par miracle plutôt, et qui a un appart à elle qui donne directement sur la tour Eiffel. Franchement, c'est mieux que Chambries ! Quand je suis mieux installée, je vous invite à*

Paris ! En attendant, je vous embrasse sur vos quatre yeux. »

Alma replie la lettre et la serre contre sa poitrine en songeant à Caroline, dont l'absence lui est douloureuse.

Une heure plus tard, elle descend dans la salle à manger où le dîner a été servi. En un rituel immuable, chacun s'assied à sa place attitrée. Alma perçoit une ambiance tendue autour de la table, qu'elle attribue à sa fugue de la veille. Comme souvent, c'est Thomas qui se fait un plaisir d'allumer une première mèche.

– Papa, tu pourrais me donner un peu plus d'argent de poche ?

– Qu'est-ce que tu en ferais ?

– Je voudrais inviter une pute.

Un épais silence s'abat sur la pièce, personne n'osant moufter.

– C'est Génisse qui m'a donné l'idée, précise Thomas.

– C'est pas vrai ! se récrie Jennifer, choquée par les propos de son frère.

Mais Thomas ne se démonte pas.

– Génisse m'a dit que c'était une dame avec de longues jambes. J'en voudrais une !

Chacun, le nez plongé dans son assiette, attend une réaction cinglante de Georges.

– On réglera ça plus tard, menace-t-il.

Puis, les mâchoires serrées, il se tourne vers Alma.

– Tu n'as pas dormi ici cette nuit.

– Ça me regarde, répond-elle froidement.

– Elle était avec 4L, intervient Thomas, non sans malice.

– Avec 4L ? s'étonne Georges.

– C'est son nouveau chéri.

– Je souhaiterais, tonne Vilson, que chacun surveille ses fréquentations dans ma maison !

– Je n'ai pas de comptes à vous rendre, réplique Alma.

– Je ne te parle pas seulement de tes flirts. Mais également de Solana Alcantara. C'est ta copine, n'est-ce pas ?

Mal à l'aise, Valérie tente d'endiguer le conflit qui couve. Mais Georges l'empêche de s'exprimer.

– Ce n'est pas à toi que je parle, c'est à ta fille ! Je ne vais tout de même pas demander ton autorisation chaque fois que j'ai quelque chose à lui dire !

Valérie baisse les yeux, acceptant de se soumettre.

– Ta copine Solana, continue Vilson, elle travaille bien dans l'imprimerie de Lambert ?

Alma fait oui de la tête.

– Eh bien, ils m'emmerdent sur un gros appel d'offres ! Je te prierais de lui demander d'arrêter de casser les prix ! Je n'ai pas envie qu'on me foute sur la paille.

– En quoi ça me regarde ? répond Alma, interloquée par la brutalité de l'injonction.

– Les affaires de papa, c'est celles de tous ! déclare Jennifer, trop heureuse de prendre le parti de son père contre Alma.

– J'espère que tu as bien compris le message, l'admoneste Vilson. Si tu veux être avocate, commence donc par plaider ma cause !

– Non, je refuse, rétorque fermement Alma. Je n'ai aucun rôle à jouer là-dedans.

Furieux qu'on défie son autorité sous son propre toit, Georges tourne les roues de son fauteuil et sort de la salle à manger. Alma dévisage sa mère, dont la faiblesse l'insupporte.

– Tu ne trouves rien à dire ?

– C'est compliqué dans cette famille... bredouille Valérie, résignée.

– Je ne crois pas que je vais rester très longtemps ici, maman.

À son tour, Alma sort de la pièce et monte s'enfermer dans sa chambre. Elle s'allonge sur le lit en contemplant tristement le plafond. Seule une seconde lecture de la lettre que Caroline lui a envoyée parvient à lui apporter un peu de réconfort.

Plus tard dans la soirée, alors que le calme est revenu dans la maison, on frappe doucement à la porte de la chambre d'Alma. Couchée dans son lit, elle lève la tête et voit Valérie s'avancer vers elle sur la pointe des pieds. Sans prononcer une parole, sa mère lui tend une épaisse enveloppe. Alma l'ouvre et découvre le devis proposé par l'imprimerie de Vilson pour l'appel d'offres du nouveau centre commercial. C'est une mine de renseignements qui vaut de l'or pour Solana.

– Pourquoi tu fais ça ? lui demande Alma, très touchée par le geste de sa mère.

Valérie semble vraiment désemparée.

– Je patauge, ma chérie. Je ne sais plus par quel bout prendre la situation. Un coup je te trahis, un coup je le trahis lui... Je ne voudrais pas que tu me prennes pour... une femme de rien du tout... ou de pas grand-chose...

Embarrassée de s'être laissée aller à des confidences aussi intimes, Valérie s'enfuit de la chambre. En elle-même, Alma remercie sa mère d'avoir enfin décidé de lui venir en aide.

En retard sur l'horaire indiqué sur la convocation, Alma se précipite à l'intérieur du palais de justice et arrive essoufflée devant le bureau de la juge d'instruction. Au même moment, Solana en sort.

– Tu m'attends ici ? lui demande Alma, soulagée de ne pas avoir fait attendre la juge. J'ai deux trucs importants à te montrer.

Solana acquiesce et, après avoir embrassé rapidement sa copine, va s'allumer une cigarette dans le couloir.

– Je vous en prie, asseyez-vous, dit la juge à Alma quand celle-ci entre dans son cabinet.

– Pourquoi vous nous faites revenir ? s'inquiète la jeune fille tout en prenant place sur une chaise face au bureau.

– Je voudrais savoir ce que votre père a fait les jours qui ont précédé l'accident.

– Je croyais que vous aviez les réponses à toutes vos questions. Je ne comprends pas...

La juge croise les doigts et pose un regard inquisiteur sur Alma.

– J'ai récemment reçu un témoignage circonstancié qui m'a conduit à libérer M. Scipio, le porion, et à reconsidérer l'affaire depuis le début.

Pressentant qu'une nouvelle épreuve se profile, Alma se recule sur sa chaise et lève les yeux au ciel.

– Je ne me souviens pas de ce qu'a fait précisément mon père avant de mourir.

– Et la veille du… du jour fatal ?

– Rien de particulier, répond Alma d'une voix hésitante.

Mais la juge ne lâche pas prise.

– A-t-il été, par exemple, à un rendez-vous ? Ou bien a-t-il reçu des appels téléphoniques ?

Alma revoit la scène où, la veille du coup de grisou, son père avait reçu à la maison un mystérieux coup de téléphone. Elle avait cru qu'il s'agissait d'une femme. « Si tu savais… » avait répondu son père.

– Non, rien de particulier, répète-t-elle en tâchant de ne pas laisser paraître son trouble.

– Très bien, conclut la juge, vous pouvez disposer.

Soulagée, Alma retrouve Solana dans le couloir du palais de justice. Elles prennent la direction de la sortie.

– J'ai menti à la juge sur mon père, confesse Alma. Il y a quelque chose de bizarre là-dessous. Je me demande ce qu'est ce nouveau témoignage.

– Je lui ai posé la question moi aussi, se désole Solana, mais elle n'a pas voulu me dire.

– Le problème, c'est qu'on n'a pas accès au dossier d'instruction.

Quoique préoccupée par les silences de la juge, Alma se souvient qu'elle devait remettre un précieux document à sa copine. Le regard malicieux, elle plonge la main dans son sac et lui tend l'enveloppe contenant le devis de l'imprimerie de Vilson.

– Ça devrait t'intéresser…

Solana s'empare des papiers. Quand elle comprend à quoi correspondent les chiffres alignés en colonnes, elle écarquille les yeux.

– C'est formidable pour nous ! s'émerveille-t-elle. Comment tu as eu ça ?

– Secret…

Tandis que Solana saute de joie, Alma lui tend une seconde enveloppe.

– Ça vient de Caro…

Délaissant le devis de l'imprimerie de Vilson, Solana lit avec empressement la lettre de Caroline.

– C'est le paradis à Paris ! se réjouit-elle une fois sa lecture terminée. Elle a bien fait de partir là-bas.

Lorsque les deux copines franchissent la porte du palais de justice, une mauvaise surprise vient cependant doucher leur bonne humeur. Didier, sourire goguenard aux lèvres, les interpelle bruyamment.

– Alors les filles, vous voyez que c'est plus compliqué que prévu !

– Qu'est-ce que tu nous chantes ? s'agace Solana.

– Si mon père n'est pas le coupable, claironne-t-il, c'est quelqu'un d'autre ! Et dans ce genre d'affaires, il faut toujours chercher le point faible.

– Tu as une idée, peut-être ? le défie Solana.

– À mon avis, glisse perfidement Didier, le point faible, il est du côté du Chez Micheline.

– Pourquoi tu dis ça ? se tracasse Alma.

– Une intuition…

Les deux jeunes filles haussent les épaules et poursuivent leur chemin en silence, troublées par les insinuations fielleuses de Didier.

– Il faudrait peut-être aller au Chez Micheline, finit par suggérer Alma.

– Je suis d'accord, approuve Solana, on y va.

Dans le café, les mineurs discutent tranquillement ou jouent aux dominos. Les deux filles s'approchent du zinc où Mariano bavarde avec Micheline. Tout le monde s'embrasse.

– On a des nouvelles de Caro, commence Solana.

– Moi aussi ! s'exclame Micheline en s'efforçant d'adopter un ton joyeux. J'ai reçu une lettre hier. C'est formidable pour elle ! Je suis très contente.

Un silence gêné suit, chacune des amies sachant à quel point le départ impromptu de sa fille a meurtri Micheline.

– On a croisé Didier, reprend Alma d'un air innocent. Il était à la sortie du palais de justice, comme par hasard.

Intrigué, Mariano tend l'oreille.

– La juge nous a dit qu'il y avait un nouveau témoignage dans le dossier, explique Solana. C'est pour ça qu'elle a libéré le porion.

– Je ne suis pas au courant ! s'étonne Micheline. J'ai pas vu la juge depuis longtemps. Moi, elle ne m'a pas convoquée.

– C'est bizarre, insiste Solana. Parce que Didier nous a dit que le témoignage venait d'ici.

Micheline roule des yeux surpris.

– D'ici ? Du café ? Il raconte n'importe quoi, lui !

– Pourquoi il dit ça, alors ? l'interroge Alma.

– J'en sais rien ! proteste Micheline. C'est à lui qu'il faut poser la question !

Comme elle est demandée en salle par un client, elle quitte le comptoir. Solana consulte sa montre.

– Je dois y aller, j'ai un rancard chez moi, dit-elle en se dirigeant vers la porte.

– Avec qui ? lui demande Alma, très indiscrète.

– Un mécanicien du garage où je travaillais avant, sourit Solana. Mais c'est juste pour s'amuser. Tu me connais, je ne suis pas romantique.

Alma, dont le visage s'empourpre légèrement, incline le visage.

– Moi, si… confesse-t-elle à voix basse. Je crois même que je suis un peu amoureuse.

La bouche de Solana s'arrondit.

– Sans blague ? Faut que tu me racontes !

– C'est un étudiant en troisième année d'histoire. Plutôt mignon. Très fils de bourges qui se la joue gaucho.

– J'aime pas trop… grimace Solana.

– Mais lui, il est sympa. Il fait tout ce qu'il veut.

– Vous avez baisé ?

– Comment tu parles !

– Je vais le dire plus chastement, se moque Solana : avez-vous accompli l'acte de chair ?

– Oui !

– Jusqu'où ?

– Jusqu'au bout !

– À la bonne heure ! s'enthousiasme Solana en embrassant sa copine.

Se rappelant soudain qu'un rendez-vous galant l'attend, elle désigne la porte.

– Il faut vraiment que je parte.

– J'y vais aussi, dit Alma.

D'un geste de la main, elles saluent Micheline et Mariano. Mais à peine ont-elles mis un pied dehors que le délégué syndical sort à son tour du bistrot et court derrière elles.

– Attendez !

Les deux filles s'arrêtent. Mariano les rejoint.

– J'ai entendu ce que vous disiez à Micheline, murmure-t-il. Il y a un os dans cette histoire…

– C'est ce qu'on pense aussi, lui confie Alma. Mais on ne sait pas d'où ça vient.

Mariano regarde autour de lui, afin de s'assurer qu'il peut parler en toute discrétion.

– Je vais vous dire un truc, mais je vous demande de le garder pour vous. Voilà. Quelqu'un a vu Micheline entrer chez le directeur de la mine, un soir, il n'y a pas très longtemps…

Alma est abasourdie.

– Tu penses qu'il y a un lien avec la réouverture de l'enquête ?

– J'en sais absolument rien... concède Mariano.

Tous trois se dévisagent, ne sachant quoi penser de cette visite mystérieuse de Micheline au domicile de l'ingénieur. Les suppositions, dont certaines effrayantes, se bousculent en eux. Mais, dans l'impossibilité d'y apporter des réponses immédiates, ils conviennent de se séparer et de se renseigner chacun de son côté.

*

* *

À l'université de Lille, Me Duparcq achève son cours magistral de droit pénal. Alors que les nombreux élèves quittent l'amphi, Alma le rejoint au pied de l'estrade.

– Je peux vous poser une question ? lui demande-t-elle d'une voix timide.

– Deux, même !

– Comment peut-on avoir accès aux pièces d'un dossier d'instruction ?

Me Duparcq, qui avait croisé Alma au palais de justice, l'observe avec bienveillance.

– Soit en étant inculpé, soit en se constituant partie civile par l'intermédiaire d'un avocat.

Alma fronce les sourcils.

– Il n'y a aucun autre moyen ?

– Pas que je sache.

Alma voit Rodolphe, sourire radieux aux lèvres, descendre les marches de l'amphi pour la rejoindre.

– Je vous remercie, dit-elle poliment à Me Duparcq, qui s'éclipse par une porte située derrière l'estrade.

Son manteau sous le bras, Alma va à la rencontre de Rodolphe, tout heureuse de le revoir.

– Tu pactises avec un social-traître ?

– C'est quoi, un social-traître ?

– Ton prof, c'est un ponte socialiste de la région.

Alma l'ignorait mais n'y voit rien de répréhensible. Elle affiche une moue d'indifférence.

À l'extérieur de la fac, tous deux grimpent à bord de la 4L de Rodolphe.

– On va à la mer ? propose-t-il, la mine réjouie.

– Maintenant ?

– Oui !

– D'accord, mais je ne passe pas la nuit là-bas. La dernière fois, j'ai eu droit à un scandale à la maison.

Quelques rues plus loin, Rodolphe se gare non loin de la devanture d'un traiteur chic.

– Attends-moi là, je vais faire les courses, dit-il, descendant de la voiture avec un cabas.

À peine cinq minutes plus tard, hilare, il sort en courant du magasin avec son cabas, bondit dans la 4L et démarre sur les chapeaux de roues.

– Qu'est-ce qui se passe ? s'alarme Alma.

Par la lunette arrière, elle voit le patron surgir de sa boutique et se lancer à leur poursuite. Rodolphe accélère.

– On va se taper la cloche gratos ! s'exclame-t-il en brandissant son cabas.

Alma l'ouvre et découvre qu'il contient une boîte de caviar, du foie gras, du saumon fumé et une bouteille de champagne.

– C'est ce que tu appelles de la nourriture prolétarienne, ironise-t-elle.

– Tu n'aimes pas ?

– Je ne sais pas, j'ai jamais mangé de tout ça.

– Tu vas voir, c'est super ! Les bourges ont des goûts raffinés…

À l'heure du déjeuner, quand le soleil de printemps est à son zénith, ils installent leur pique-nique dans le jardin de la villa de bord de mer que Rodolphe a l'habitude de squatter.

Tandis qu'il sabre la bouteille de champagne, Alma dispose les victuailles sur une jolie nappe blanche qu'elle a dénichée dans une armoire. Cela fait, elle plonge sa petite cuillère dans le pot de caviar.

– Franchement, je préfère les sardines en boîte, juge-t-elle après avoir testé une première bouchée.

– Tu déconnes ! la rabroue Rodolphe en plongeant à son tour une cuillère dans le pot de caviar.

Alma plisse les yeux en regardant le soleil.

– Qu'est-ce que tu fais si le patron de la boutique a relevé le numéro d'immatriculation de ta voiture ?

– Pas de danger : mes plaques sont toujours dégueulasses. Ça les rend illisibles.

– T'as tout prévu.

Il la couve du regard.

– Sauf toi !

Flattée par la réaction de Rodolphe, Alma contemple la magnifique villa et le jardin fleuri qui l'entoure.

– Tu en amènes souvent, des filles, ici ?

– Ça m'est arrivé…

– Ça te plairait que je sois jalouse ?

– J'adorerais !

– Manque de chance, c'est pas le cas.

– Même si je te dis que j'en ai amené dix, vingt, trente…

– Quel vantard ! Mais si tu voulais vraiment me rendre jalouse, tu m'aurais parlé d'une seule fille, pas de vingt ou de trente. Dans un cas, ça veut dire que tu étais amoureux, et ça m'aurait touchée. Dans l'autre, ça veut dire que tu es un cavaleur, et je m'en fous.

Il tend les poignets tel un captif à qui on aurait passé les menottes.

– Désormais, je me tiendrai à carreau. Je ne viendrai plus jamais ici avec une autre fille.

N'y tenant plus, Alma le repousse dans l'herbe et l'embrasse passionnément.

Bien plus tard, au terme d'un merveilleux après-midi dédié à l'amour, ils parviennent difficilement à s'extraire de la chambre de la villa qui donne sur la mer. À regret, ils remontent dans la 4L de Rodolphe et prennent tranquillement la route en direction de Chambries.

À peine ont-ils quitté le bord de mer que Rodolphe aperçoit une estafette de la gendarmerie arrêtée un peu plus loin. D'un brusque coup de volant, il bifurque sur un chemin de campagne et s'éloigne de la route principale.

– Qu'est-ce qui se passe ? s'inquiète Alma.

– Il y a des flics.

– Oui, j'ai vu, et alors ?

– Je n'ai pas envie qu'ils me contrôlent.

– Il faudra que tu m'expliques. Tu voles de la bouffe dans les magasins, tu squattes une villa, mais dès que tu vois vaguement un képi, tu te planques !

La voiture stoppe dans un sous-bois, à l'abri des regards. Rodolphe, l'air confus, se tourne vers Alma.

– Je ne te l'ai pas encore dit, mais… je suis considéré comme un déserteur par l'armée.

– C'est quoi, cette histoire ? frémit Alma.

Mal à l'aise, il baisse la tête.

– Mon sursis d'incorporation a été résilié. Parce qu'un agitateur comme moi, ça ne plaît pas aux autorités militaires. Donc, pour m'emmerder, ils m'ont appelé sous les drapeaux. Mais… je n'ai pas répondu à la convocation.

– T'es complètement débile !

– C'est ce que disent mes parents.

– Non mais t'imagines les conséquences quand ils t'attraperont ? Et en plus, tu te fais remarquer en mettant la fac de Lille en grève !

Horripilée par l'irresponsabilité de Rodolphe, elle sort de la voiture et claque la portière. Il la rejoint sur le chemin de terre.

– Ne pas faire l'armée, c'est pour moi un choix politique. Tu veux que je t'explique pourquoi ?

– Pas la peine, je connais ton baratin.

Il tente de la prendre dans ses bras. Elle le repousse mollement.

– Tu risques quoi ?

– Douze mois dans un bataillon disciplinaire en Allemagne.

– Et tu es content de toi ? Moi, je n'ai pas envie de sortir avec un déserteur !

La moue boudeuse, Alma se détache des bras de Rodolphe. Mais il la retient.

– Je sais pourquoi tu n'en as pas envie, lui murmure-t-il. C'est parce qu'on sera séparés, toi et moi. Je te manquerai terriblement et tu seras très triste. C'est ça ?

Touchée au cœur, Alma offre ses lèvres à Rodolphe.

– Oui, c'est ça…

Ils s'embrassent tendrement puis roulent dans le champ de blé qui borde le chemin de terre.

*

* *

Dans son bureau de l'imprimerie, Solana scrute avec minutie la carte grise de l'Ossa de son père, comme si elle pouvait y déceler une vérité cachée. De guerre lasse, elle attrape un annuaire téléphonique et compose le numéro d'un concessionnaire de motos lillois, l'un des rares qu'elle n'a pas encore sollicités.

– Je voudrais savoir si vous pouvez identifier une moto Yamaha qui a été vendue il y a une vingtaine d'années…

– Ouh là là ! l'interrompt le garagiste, c'est pas tout jeune.

– Je n'ai pas besoin de vous pour savoir que, vingt ans, c'est très ancien !

– C'est surtout impossible de remonter aussi loin, rétorque poliment le garagiste. Je suis désolé, mademoiselle.

Elle raccroche le combiné d'un geste brusque, lasse d'échouer à retrouver la trace de la moto de son père. Au même moment, Lambert entre dans le bureau, la mine sombre.

– Le papetier est ici, dit-il. Avec les prix qu'il nous fait, on n'y arrivera pas pour l'appel d'offres. Même en baissant nos marges au plus bas.

– Et sans marge du tout ?

– Quel intérêt pour nous ?

– Faire la nique à Vilson.

– On n'y arrivera pas non plus, Solana.

Elle réfléchit un instant, puis se tourne vers Lambert.

– Qu'est-ce qu'il nous fait comme prix ?

Lambert lui donne une feuille de papier remplie de chiffres.

– Il baissera, décrète-t-elle après les avoir consultés.

– Je ne crois pas.

Le visage fermé, Solana s'avance vers la porte.

– Je vous dis qu'il va baisser. Allons le voir.

Elle traverse l'atelier d'un pas décidé et se plante devant le papetier, qui discutait avec Léonard en attendant le retour de Lambert.

– Vous devez baisser vos prix ! attaque d'emblée Solana.

Le type prend l'air contrit d'un huissier de justice obligé de se montrer intransigeant.

– Je ne peux pas, c'est mon meilleur prix, je vous assure.

– Vous êtes au-dessus de notre dernière commande ! intervient Lambert.

– C'est à cause de l'inflation. Onze pour cent et des brouettes…

– Même si on vous en commande pour dix mille exemplaires par semaine ? argumente Solana.

– Non, vraiment, je ne peux pas…

– Alors expliquez-nous, s'irrite-t-elle, pourquoi vous nous facturez quinze pour cent de plus qu'à certains de nos concurrents ?

Surpris par la précision de cette information, Lambert et Léonard se consultent du regard.

– Qu'est-ce qui vous dit que… que c'est quinze pour cent de plus ? bafouille le papetier.

– Parce que je suis sûre que Vilson est à quinze pour cent en dessous !

Le papetier, de plus en plus mal à l'aise, se tortille sur sa chaise.

– Oui, mais Vilson c'est différent… Il a des journaux dans la région, des imprimeries, tout ça. C'est normal que je lui fasse de bons tarifs.

– On veut les mêmes, exige Solana.

L'homme secoue négativement la tête, puis entreprend de se lever pour mettre un terme à une négociation qui le place en porte-à-faux.

– Attendez-moi ! ordonne Solana.

Elle se précipite dans son bureau, ouvre une armoire métallique et s'empare du devis de Vilson.

De retour dans l'atelier, elle fourre le document sous le nez du papetier, qui devient blême. Ignorant qu'elle détenait une telle botte secrète, Lambert et Léonard écarquillent les yeux.

– Comment vous avez eu ce document ? bredouille le type.

– Peu importe...

– J'ai le droit de fixer les prix...

– Et nous avons le droit de les rendre publics ! s'enflamme Solana. Vos clients, surtout les petits, seront contents de savoir comme vous les arnaquez.

Effrayé par la menace, le papetier se tasse sur sa chaise et, muet, passe en revue les rares options qui s'offrent à lui.

– Qu'est-ce que vous voulez ? finit-il par demander.

– Je vous l'ai dit : les même prix que Vilson. Y compris les remises que vous pourriez lui accorder ultérieurement.

Se sachant piégé, le papetier écarte les bras en signe de reddition.

– D'accord...

Solana, Lambert et Léonard échangent des sourires victorieux. Désormais, ils se savent suffisamment armés pour affronter à la loyale la concurrence de Vilson et lui rafler le contrat d'impression des prospectus.

*

* *

Alors que la nuit est tombée sur Chambries, Micheline ferme de l'extérieur les hauts volets grillagés qui protègent la devanture de son café. Tapi dans l'obscurité sur le trottoir d'en face, Mariano l'observe à distance. Quand elle retourne dans la salle avant de verrouiller la porte d'entrée, il surgit dans son dos.

– Je peux te parler d'un truc ? lui demande-t-il d'une voix hésitante.

– J'allais fermer, répond-elle, étonnée par sa venue si tardive. Mais entre quand même.

Ils entrent dans le bistrot et se postent de part et d'autre du bar. Mariano garde le silence un long moment. Puis il inspire profondément et se lance.

– Le témoignage de la juge… celui qui a renversé la vapeur… tu sais ce que c'est ?

Un rictus d'incompréhension apparaît sur le visage de Micheline.

– Comment je le saurais ? Mais si tu es ici, c'est peut-être que tu as une idée derrière la tête.

– Une sale idée, oui…

– Vas-y ! Accouche ! insiste Micheline, intriguée par tant de mystère.

Il se racle la gorge, tousse à deux reprises.

– Voilà : on t'a vue chez le directeur.

Micheline se fige.

– Qui m'a vue ? bredouille-t-elle.

– On s'en fout de qui. La question, c'est : qu'est-ce que tu faisais avec lui ?

Micheline déglutit nerveusement. Percevant son trouble, Mariano se penche vers elle.

– Je ne veux pas t'embêter, je veux juste comprendre.

– Comprendre quoi ?

– Pourquoi tu as été chez lui.

Elle attrape deux verres sur une étagère et les remplit à ras bord de genièvre. Elle engloutit le sien d'un trait.

– Depuis la mort d'Henri, dit-elle d'une voix morne, j'ai des problèmes de trésorerie. Je n'arrive plus à joindre les deux bouts. Alors, je suis allée en causer avec le directeur. À sa demande…

– T'as parlé de quoi avec lui ?

– De facilités de paiement. Le bistrot appartient aux Houillères. Ils pourraient faire un geste…

– Et ?

– Ils ne l'ont pas fait, soupire-t-elle.

Pour se donner du courage, Mariano avale cul-sec son verre de genièvre.

– Tu sais ce qui commence à se raconter à Chambries ? Que t'aurais fait le témoignage à la juge pour sauver ton bistrot.

Micheline est effarée. Comprenant les ennuis que lui causerait la propagation d'une telle rumeur en ville, son sang se met à bouillir. Sans quitter Mariano du regard, elle se verse un deuxième verre d'alcool et le siffle aussitôt.

– Tu sais ce qu'il ferait, Henri, s'il était encore là ? Il te casserait la figure ! Et s'il te voit de là-haut, il doit se dire que t'es devenu un syndicaliste de merde. Au lieu de t'en prendre aux patrons de la mine, tu t'en prends à une veuve qui n'a personne pour la défendre. Pas même sa fille ! Et tu oses venir chez moi pour m'insulter !

Mariano tente de se protéger de la foudre qui s'abat sur lui.

– C'est pas ça, Micheline…

Elle quitte énergiquement le bar, se dirige vers la porte et l'ouvre grand.

– Fous le camp d'ici !

– Pourquoi tu réagis comme ça ?

Folle de rage, Micheline ne parvient plus à se contrôler.

– Fous le camp, je te dis ! Comment tu peux penser que j'aurais trahi la mémoire de mon mari et de ses camarades en balançant des mensonges à la juge ! Dehors !

Le dos courbé, Mariano passe en silence la porte, qu'elle claque violemment derrière lui.

Elle retourne, hébétée, derrière le comptoir, auquel elle s'accroche comme à une bouée de sauvetage avant d'éclater en sanglots.

*

*   *

De retour de Lille, Alma entre sans enthousiasme dans la maison de Vilson et va embrasser sa mère qui trie des papiers dans la bibliothèque.

– Tu reviens tôt aujourd'hui, s'étonne Valérie.

– La fac est occupée par les grévistes. Il y a des CRS tout autour du bâtiment, ça risque de chauffer.

– Je préfère que tu sois ici plutôt que là-bas.

Alors qu'Alma s'apprête à monter dans sa chambre pour réviser ses prochains examens, sa mère lui montre le bureau de Georges.

– Il voudrait te parler, lâche-t-elle dans un souffle.

– Qu'est-ce qu'il me veut ?

Valérie baisse la tête, fataliste.

– À mon avis, pas du bien. Prépare-toi.

– Je n'ai aucune envie d'aller le voir, râle Alma.

– S'il te plaît… la supplie sa mère.

Alma s'approche à contrecœur du bureau et frappe à la porte. À l'intérieur, Vilson se tient derrière sa table de travail, sur laquelle trône l'édition du jour de son quotidien local. Visiblement tendu, il accueille Alma d'un simple signe de tête.

– Je te remercie d'avoir fait la commission à ta copine, commence-t-il sur un ton désagréable.

Elle feint de s'interroger.

– Quelle commission et à quelle copine ?

– Celle qui travaille chez Lambert... Tu devais lui dire d'y aller mollo sur les tarifs de l'appel d'offres. Tu ne l'as pas fait. Résultat : ils sont plus bas que les miens !

Alma parvient à dissimuler sa satisfaction d'avoir utilement aidé Solana.

– Qu'est-ce que j'y peux ? esquive-t-elle.

Georges, le regard agressif, fait avancer son fauteuil roulant vers Alma.

– Au lieu de me foutre sur la paille, tu aurais pu m'aider sur ce coup-là.

– Ce n'est quand même pas ça qui va vous ruiner, se cabre Alma, horripilée par l'arrogance de Vilson.

Il s'avance un peu plus, au point de venir buter contre elle. Son visage, bien différent de celui qu'il lui a offert jusqu'à présent, devient haineux.

– Tu manges chez moi ! Tu dors chez moi ! Et tu n'es pas foutue de me donner un coup de main quand je te le demande !

Alma est sidérée par la brutalité de la charge.

– Je n'ai aucun compte à vous rendre !

– Si, justement ! s'emporte Vilson. Tu es hébergée dans *ma* maison, je te rappelle !

Par défi, Alma se penche vers lui, mâchoires serrées.

– Pas de problème, je vais partir d'ici.

Perdant tout sang-froid, Vilson explose.

– Pour aller où, espèce de petite conne ? Tu crois que c'est ta mère qui va te nourrir ! Elle n'est bonne qu'à piquer le cul des grabataires ! Et tu ne vaux pas mieux !

Valérie, qui a entendu les éclats de voix depuis le couloir, pousse la porte du bureau et se campe face à Vilson.

– Ça suffit !

– Quoi, ça suffit ? maugrée-t-il, déstabilisé par la rebuffade inhabituelle de Valérie.

– J'en ai marre que tu te comportes comme un despote avec nous !

Pendant qu'Alma, furieuse, quitte la pièce, Valérie s'empare des poignées du fauteuil roulant et replace d'autorité Georges derrière son bureau.

Au pied de l'escalier, Jennifer montre le combiné du téléphone à Alma, qui s'apprêtait à regagner sa chambre.

– Un appel pour toi...

N'ayant rien perdu de l'altercation qui a opposé sa rivale à son père, elle affiche un sourire vengeur. Alma lui prend le téléphone des mains et lui fait signe de s'éloigner.

– Allô !

– C'est Rodolphe. Je t'appelle d'une cabine parce que j'ai un gros problème...

Alma retient son souffle.

– Il y a eu des bagarres avec les flics devant la fac. Ils m'ont repéré, je dois me planquer.

Alma réfléchit un instant.

– Viens me chercher à Chambries. Je connais un endroit sûr où on pourra aller.

Le téléphone raccroché, Alma monte en vitesse dans sa chambre. Elle attrape sa valise dans un placard et commence à y entasser ses affaires. Valérie, la figure maussade, entre dans la chambre.

– Tu t'en vas ?

– Oui, et tu devrais faire comme moi.

Remuée par la dispute avec Georges, Valérie s'assied sur le lit.

– On ira où ? On mangera comment ? Qui paiera tes études ?

– Je me débrouillerai, maman. Sérieusement, tu m'imagines dormir ici cette nuit après ce qu'il m'a balancé ? Je ne comprends pas que tu puisses le supporter.

Profondément meurtrie par le reproche de sa fille, qu'elle sait justifié, Valérie quitte la pièce en silence, incapable du moindre sursaut.

Plus tard, en début de soirée, un bruit de cailloux heurtant la fenêtre de sa chambre attire l'attention d'Alma. Elle regarde dehors et, ravie, voit Rodolphe surgir de la pénombre de la cour. D'un geste de la main, elle lui fait signe qu'elle descend le rejoindre. À cet instant, une lumière s'allume au rez-de-chaussée de la maison. La porte d'entrée s'ouvre par surprise. Vilson, assis sur son fauteuil, apparaît en haut du perron et apostrophe durement Rodolphe.

– Qu'est-ce que vous foutez là ?

Rodolphe est stupéfait de reconnaître le magnat de la presse locale, notoirement hostile à la grève des étudiants et plus généralement à tous les mouvements sociaux de la région.

– Vilson… murmure-t-il pour lui-même.

– Sortez de chez moi !

– Et comment ! lui lance Rodolphe après s'être convaincu de l'identité de l'homme en fauteuil roulant.

Valise à la main, Alma se présente sur le perron. Enragé, Vilson la retient par le bras.

– Tu reçois des garçons la nuit ! Dans ma propre maison !

Elle se dégage de son emprise et descend les marches.

– Je vous la rends, votre baraque ! Et tout ce qui va avec ! J'espère seulement que ma mère partira aussi.

Parvenue dans la cour, elle se retourne vers lui.

– Il n'y a qu'une seule perle rare ici : Thomas. Ne la brisez pas.

Sous le regard effaré de Vilson, elle serre Rodolphe dans ses bras. Tous deux montent ensuite à bord de la 4L, stationnée dans la rue.

– Tu ne m'avais pas dit que tu vivais chez ce salopard, plaisante Rodolphe en démarrant.

– Tu ne m'avais pas dit non plus que tu étais déserteur.

Quelques rues plus loin, la voiture stoppe devant la maison de Solana. Alma et Rodolphe descendent de la 4L et sonnent à la porte.

Solana enfile en vitesse un peignoir et va leur ouvrir.

– Qu'est-ce que tu fais ici ? s'étonne-t-elle en embrassant Alma.

– Je te présente Rodolphe, lui dit sa copine en guise de réponse. On a besoin d'un endroit où dormir ce soir.

Solana observe avec beaucoup d'intérêt le jeune homme, qu'elle n'avait jamais vu auparavant. S'il a bien l'allure du « bourge gaucho » dont parlait Alma, elle doit convenir que son beau visage suffit à expliquer qu'on puisse tomber amoureuse de lui.

– Je vous prépare un plat de pâtes ! déclare Solana, ravie de cette visite qui lui permet de faire la connaissance de Rodolphe.

Pendant qu'elle s'active en cuisine, Alma lui relate sa violente dispute avec Vilson et sa décision de partir définitivement de chez lui. Puis Rodolphe raconte longuement ses déboires avec l'armée.

– Je ne ferai pas mon service militaire ! conclut-il avec une certaine emphase. Je suis antimilitariste et je ne vais pas renoncer à mes convictions pour éviter la taule.

– Tu n'iras pas en taule, tempère Alma. Au pire, ils t'enverront dans un bataillon disciplinaire en Allemagne.

– C'est pareil !

– Tu veux faire quoi, alors ? intervient Solana d'un ton plus mesuré.

– J'irai en Belgique.

– Et pourquoi pas à Tombouctou ? s'énerve Alma.

– Je ne peux pas rester à Lille, ni même à Chambries. C'est trop risqué.

Soucieuse d'éviter une dispute, Solana se lève de sa chaise.

– Venez, je vous installe dans la chambre de mon père. C'est un peu en bordel, mais bon…

Alma et Rodolphe ont la surprise de découvrir une pièce sens dessus dessous, dont les armoires ont été vidées sur le lit et les tiroirs renversés au sol.

– Qu'est-ce qui s'est passé ? s'émeut Alma. On dirait qu'il y a eu une perquisition.

Embarrassée, Solana baisse les yeux.

– Je cherche d'où vient la moto de mon père. S'il l'a achetée neuve ou d'occase.

– Ça changerait quoi ?

– Soit il s'est fait rouler, soit il l'a maquillée. Dans ce cas-là, je veux savoir pourquoi.

Perdue dans ses pensées maussades, Solana met un terme à la conversation après avoir rappelé à sa copine qu'elles ont un rendez-vous tôt le lendemain à Lille. Elle regagne sa chambre, laissant Alma et Rodolphe prendre possession de celle de son père.

Solana et Alma, dont la nuit avec Rodolphe a été courte, patientent dans la salle d'attente du cabinet de Me Duparcq, situé non loin de la préfecture de Lille. Très en retard sur l'heure convenue, l'avocat arrive enfin, le souffle court.

Il tombe en arrêt devant Alma, qu'il reconnaît immédiatement.

– Qu'est-ce qu'il vous arrive, jeune fille, à part vos partiels ?

– En fait, on vient pour... bafouille-t-elle, comme à chaque fois qu'elle se trouve face à son prof de fac. On s'est dit que peut-être...

– Venez avec moi, l'interrompt Duparcq.

Elles le suivent docilement jusqu'à un vaste et élégant bureau, où sont exhibées des photos de l'éminent avocat en compagnie de François Mitterrand et de Pierre Mauroy.

Voyant qu'Alma peine à articuler une phrase, Solana se décide à prendre la parole.

– C'est au sujet du procès de la mine de Chambries...

– Vous avez bien raison de vous y intéresser ! remarque Duparcq. Ça va faire du barouf dans la région. Une sacrée histoire...

Il considère attentivement Solana.

– Vous êtes en droit ? Je ne vous ai jamais vue à la fac.

– Non, non, répond-elle, toute penaude. Moi, je travaille dans l'imprimerie.

Duparcq se tourne vers Alma, le regard interrogatif.

– Bon… Et qu'est-ce qui vous intéresse dans ce procès ? Vous voulez faire un mémoire dessus ?

– En fait, on est… les filles des mineurs qui sont restés au fond. C'est pour ça qu'on est là.

Duparcq en reste bouche bée. Il se laisse aller en arrière sur son fauteuil, ne quittant pas des yeux les deux filles.

– On a besoin de votre aide, complète Solana. Mais le problème, c'est qu'on n'a pas d'argent pour vous payer.

– Je pourrais travailler gratuitement à votre cabinet après les cours, s'empresse de proposer Alma.

– Et moi, imprimer vos cartes de visite, abonde Solana. Ou votre papier à en-tête.

– Vous n'avez pas d'avocat ? s'émeut Duparcq, une fois remis de sa stupeur. C'est absurde. Il faut qu'on se constitue tout de suite partie civile !

Il décroche aussitôt son téléphone pour appeler sa secrétaire.

– Béatrice, je veux voir le juge d'instruction qui s'occupe du dossier de la mine de Chambries. Annulez mes autres rendez-vous, s'il le faut. C'est prioritaire !

Il raccroche le combiné et dévisage les deux jeunes femmes.

– Je vais m'occuper de votre affaire. Personnellement. Et rassurez-vous, je n'ai besoin ni de cartes de visite ni d'heures de travail en contrepartie.

Déterminé à agir au plus vite, il se lève de son fauteuil et leur tend la main pour les saluer.

– Je vous tiens au courant dès que j'ai du nouveau.

Raccompagnées par Duparcq, les deux copines se dirigent vers la sortie. Alma, que la bienveillance de l'avocat a mise en confiance, s'autorise à lui poser une ultime question.

– Quelqu'un qui a déserté l'armée, qu'est-ce qu'il risque ?

– Il a déserté quand ?

– Il n'y a pas très longtemps.

– Ce n'est pas bien malin… Il vaudrait mieux, pour éviter les ennuis, qu'il vienne me voir rapidement.

Les filles serrent la main de Duparcq avec effusion, soulagées de pouvoir compter sur l'aide d'un avocat aussi expérimenté.

*

* *

Le car dépose Alma à l'entrée du village de bord de mer où Rodolphe est allé se cacher. Elle marche sur la promenade face au vent jusqu'à la belle villa qu'il occupe clandestinement.

– Ma prolétaire préférée ! l'accueille-t-il joyeusement en la voyant franchir la porte blanche du jardin.

– Mon petit con de déserteur ! ironise-t-elle, heureuse de le tenir dans ses bras.

Le regard espiègle, elle lui prend la main et le conduit vers la chambre à l'étage. Sans prononcer une parole, elle ôte un à un ses vêtements. Après avoir admiré chacun de ses gestes, Rodolphe s'approche d'elle et, poussé par un désir irrépressible, embrasse ses épaules dénudées. Tous deux chavirent sur le lit en une étreinte éperdue.

Ce n'est qu'à la nuit tombée que les deux amants, allongés sous des draps froissés, s'accordent un moment d'assoupissement.

– Tu dors ? demande Rodolphe, les yeux rêveurs.

– Oui...

– Moi aussi, alors.

Elle sourit puis se blottit contre lui, le visage soudain mélancolique.

– Tu ne peux pas continuer comme ça. Même tes parents ne savent pas où tu te caches.

– Je m'en fous. Ce qui compte, c'est que tu saches, toi, où me trouver.

– Tu finiras par te faire prendre.

– Non, je vais aller en Belgique.

– Ça changera quoi ? Tu ne pourras plus revenir en France.

– Tu viendras me voir.

Lassée de la désinvolture de Rodolphe, Alma rejette brusquement les draps et sort du lit.

– Je voudrais retourner à Chambries. Tu peux me ramener ?

– Chez ton connard de beau-père ?

– Chez Solana. Je n'ai pas de « beau-père », comme tu dis.

Rodolphe, que la volte-face d'Alma a sorti de sa torpeur bienheureuse, se redresse.

– Mais qu'est-ce qui t'arrive ? Pourquoi tu es comme ça ?

– J'ai plein de choses négatives dans la tête en ce moment...

Elle se rassied sur le bord du lit. Rodolphe lui caresse le bas du dos.

– Raconte...

– Je m'engueule avec ma mère. Je n'ai plus d'endroit où habiter. L'une de mes deux meilleures amies est partie à Paris. Le procès de la mine va bientôt s'ouvrir. Et pour finir, le garçon que j'aime...

Rodolphe sursaute.

– Stop ! Qu'est-ce que tu viens de dire, là ?

Loin de regretter les mots qu'elle vient d'employer, Alma prend plaisir à les répéter.

– Le garçon que j'aime... le garçon que j'aime... le garçon que j'aime...

Emporté par sa fougue amoureuse, Rodolphe la bascule en arrière et s'entortille autour d'elle.

*

* *

Me Duparcq pénètre à grands pas dans le palais de justice et se présente à la porte du cabinet de la juge d'instruction chargée de l'enquête sur l'explosion de la mine.

Flattée qu'un ténor du barreau se soit déplacé jusqu'à elle, la juge l'invite à s'asseoir. Elle ouvre l'épais dossier posé sur son bureau et en extrait une sous-chemise.

– Voici le témoignage dont je vous ai parlé au téléphone et qui m'a conduite à rouvrir l'enquête.

Duparcq prend le document, que ses yeux parcourent à toute allure jusqu'à découvrir le nom du témoin.

– Non, ce n'est pas possible... bredouille-t-il, abasourdi.

– Et pourtant... déplore la juge.

Après avoir relu en vitesse le procès-verbal, il se lève de sa chaise.

– Je vous remercie de votre célérité.

Il redescend quatre à quatre l'escalier et fonce vers la cabine téléphonique qui se trouve dans le hall. Il compose le numéro de téléphone d'Alma, qu'il a noté dans son répertoire.

Chez Vilson, Jennifer prend la communication.

– Ah non, elle n'est pas là, répond-elle d'un ton pincé. Je devrais dire : elle n'est *plus* là.

L'avocat raccroche et téléphone à l'imprimerie où travaille Solana.

– Me Duparcq à l'appareil. Je sors à l'instant du bureau de la juge d'instruction. Il faut que je vous voie de toute urgence avec votre amie. Je n'ai pas réussi à la joindre.

– Qu'est-ce qui se passe ? s'inquiète Solana.

– Je sais qui a fait le témoignage contre vos pères, lâche-t-il.

Le sang de Solana se glace.

– C'est qui ?

En entendant la réponse, Solana devient livide. Elle s'affaisse sur son fauteuil. Le téléphone lui échappe.

– 5 –

Un peu perdues au milieu de la foule, Alma et Solana sortent de la station de métro Barbès-Rochechouart, dans le nord de Paris. Elles scrutent les alentours, puis se plongent dans le plan qu'elles ont emporté.

– Elle est où, la tour Eiffel ? s'interroge Solana, perplexe.

– Je n'en sais rien, répond sa copine, je ne connais pas mieux Paris que toi. On s'est peut-être gourées de station.

Elle prend dans son sac la dernière lettre reçue de Caroline et vérifie l'adresse qui figure sur l'enveloppe.

– Non, c'est bien ici, dit-elle, le doigt pointé sur le plan. Il faut continuer un peu plus loin sur le boulevard.

Leurs pas les mènent devant un immeuble lépreux, très éloigné du lieu idyllique que décrivait Caroline dans ses lettres. Au lieu d'une vue imprenable sur la tour Eiffel, les fenêtres donnent directement sur le métro aérien, sale et bruyant. Dans l'étroit couloir d'entrée, que nulle lumière n'éclaire, les boîtes aux lettres sont éventrées et ne comportent aucun nom.

Une dame âgée, appuyée sur une canne, apparaît en bas de l'escalier.

– Vous cherchez quelqu'un ?

– Caroline Moriot, une amie qui habite ici.

La dame les observe l'une après l'autre avec méfiance.

– Oui, elle habite ici, finit-elle par admettre. Mais à cette heure-là, vous la trouverez chez Tati. C'est à droite en sortant, après le carrefour. Vous ne pouvez pas le louper.

Elles remercient et empruntent le boulevard dans la direction indiquée. Elles parviennent face à la devanture d'un grand magasin, recouverte d'affiches criardes vantant « des prix exceptionnels ». Des montagnes de vêtements bon marché s'entassent dans des bacs alignés sur le trottoir. À l'intérieur, les nombreux clients se pressent au milieu des travées à la recherche des meilleures affaires du jour.

– Je croyais que Caro travaillait dans une maison de haute couture... s'afflige Alma.

Elles progressent dans la cohue jusqu'au moment où elles aperçoivent leur copine, occupée à plier maladroitement des pantalons au rayon enfants. Elles s'approchent, interloquées. Lorsqu'elle les voit, Caroline s'écrie brusquement :

– Qu'est-ce que vous foutez là ?

– Et toi ? réplique Alma en jetant un regard circulaire sur l'agitation qui les entoure.

Poings sur les hanches, Solana vient se planter devant Caroline.

– C'est quoi, ce témoignage de merde sur nos pères que t'as donné à la juge ?

Caroline baisse les yeux et, pour se donner une contenance, reprend son rangement.

– Si ça vous embête pas, on en parlera plus tard.

– Plus tard, c'est quand ? demande Alma.

– Dans une demi-heure, pendant ma pause-déjeuner. Je vous retrouve au café d'en face.

Alma et Solana tournent les talons et vont s'attabler au fond du bistrot, à l'angle du boulevard. Une demi-heure plus tard, Caroline y pénètre à son tour et s'assied face à ses deux procureurs.

– Pourquoi tu nous as raconté tout ce baratin ? demande froidement Solana. La tour Eiffel, le bel appartement, le boulot de rêve…

Confrontée à ses affabulations, Caroline ne peut se dérober.

– Pour vous faire envie ! C'était ce que je voulais : la mode, les défilés, la belle vie à Paris. Mais à cause de toi, tout a foiré.

Interloquée, Solana se dresse sur sa chaise.

– À cause de moi ! Je ne vois pas le rapport.

– T'as oublié le bac, peut-être ! Tes antisèches dans les toilettes.

– Tu n'avais qu'à pas les prendre ! Je ne t'ai pas forcée !

– De toute façon, intervient Alma, ce n'est pas le problème.

Caroline, ne retenant plus sa colère, pointe un index accusateur sur elle.

– Toi aussi tu m'as laissée tomber comme une vieille chaussette ! Tout ça parce que j'étais avec Didier ! Mais ma vie, elle ne vous regarde pas !

– Ce qui nous regarde, réplique Solana du tac au tac, c'est que t'as raconté à la juge que nos pères se connaissaient !

– Qu'est-ce que ça change ? la défie Caroline. Qu'ils se soient connus ou pas, c'est pareil ! Sauf que ça sauve le café de ma mère.

Alma tombe des nues en entendant pareille justification.

– Explique-nous : c'est quoi, cette histoire de café ?

– Les Houillères nous laissaient tranquilles avec le bistrot si ma mère acceptait de dire que nos pères étaient copains. Elle a refusé. Mais moi, j'ai accepté. Ne lui dites rien, surtout, elle ne le sait pas.

Solana est sous le choc.

– Tu te rends compte de ce que tu as fait ? À Chambries, tout le monde croit que c'est Micheline qui a menti et plus personne ne vient au café. Elle est mise en quarantaine.

Caroline, troublée d'apprendre que de terribles soupçons pèsent sur sa mère, inspire profondément.

– De toute façon, lance-t-elle par bravade, je m'en fiche, de ce qui peut se passer à Chambries ! Je n'y mettrai plus jamais les pieds. Je verrai ma mère à Paris. Le reste, ce sera sans moi !

Elle se lève aussitôt, jette un billet de cinq francs sur la table puis s'en va sans un regard derrière elle. Mortifiées et démunies, ses deux copines sont incapables de la moindre réaction.

De retour à Chambries, Solana et Alma se rendent sans attendre chez Micheline. Durant le trajet en train depuis Paris, elles ont pris la difficile décision, mûrement réfléchie, de l'alerter sur les agissements de Caroline.

Comme toujours ces derniers temps, le bistrot est déserté par les clients. Pensive, Micheline se tient derrière le comptoir, nettoyant par habitude des verres que personne n'utilisera. C'est à peine si elle lève les yeux quand la porte s'ouvre.

– Qu'est-ce qui me vaut l'honneur ? ironise-t-elle en voyant arriver Solana et Alma.

Les deux copines se consultent du regard pour savoir laquelle des deux se chargera de lui annoncer la mauvaise nouvelle. C'est finalement Alma qui se dévoue.

– On revient de Paris. On est allées voir Caro.

Une lueur d'intérêt s'allume dans l'œil de Micheline.

– Et alors, comment elle va ?

– Bien… Je crois qu'elle serait contente que vous alliez lui rendre visite.

Un sourire désenchanté s'affiche sur le visage de Micheline.

– C'est vrai que je pourrais sans problème fermer le bistrot une journée entière, dit-elle en avisant la salle vide. Plus personne ne vient. Tout le monde pense que c'est moi qui ai trahi.

Alma laisse s'écouler un long silence avant de lui révéler la triste vérité.

– En fait… c'est Caro qui est allée voir la juge.

Sous l'effet de la stupeur, le verre qu'essuyait Micheline lui glisse des mains et se brise dans l'évier.

– Je ne te crois pas ! s'indigne-t-elle.

Solana la prend affectueusement par les épaules.

– Si, c'est elle qui nous l'a dit. Elle l'a fait pour sauver le café.

Bouleversée par ce qu'elle vient d'apprendre, Micheline prend trois verres à alcool et y verse du genièvre. Des larmes lui montent aux yeux.

– C'est terrible pour son père… terrible pour nous tous…

Percevant son profond désarroi, Alma tente maladroitement de livrer une explication plus positive.

– Ça prouve qu'elle est attachée à cet endroit. Et à vous…

– Qu'elle vous aime ! abonde Solana d'un ton un peu trop enthousiaste.

Mais Micheline, très lucide après avoir éclusé d'un trait son genièvre, ne parvient pas à s'en convaincre.

– S'ils apprennent la vérité, les mineurs de Chambries vont la détester. Elle ne pourra plus jamais remettre les pieds ici ! Je préfère encore que ça retombe sur moi.

Alma la fixe droit dans les yeux, comme pour souligner la gravité du dilemme qui s'impose à Micheline.

– Qu'est-ce que vous préférez : sauver le café à n'importe quel prix, ou risquer de tout perdre en demandant justice aux Houillères ?

– Tout perdre… répond-elle dans un gémissement douloureux.

– Alors, il n'y a que vous qui pouvez convaincre Caro de revenir sur son témoignage.

Micheline se verse un deuxième verre de genièvre, qu'elle avale aussi promptement que le premier.

– S'il le faut, j'irai à Paris. Mais maintenant qu'elle habite près de la tour Eiffel, elle va avoir honte de moi.

Alma et Solana, se remémorant le quartier sordide où habite Caroline, se contentent d'approuver d'un hochement de tête la proposition de Micheline. Pour se remonter le moral, elles vident à leur tour leur verre d'alcool cul sec.

Alma s'apprête à entrer dans le bâtiment de la fac de Lille lorsqu'elle est interceptée par Marion, la mère de Rodolphe, qui guettait anxieusement son arrivée devant la porte principale.

– Je peux vous parler un instant ? lui demande-t-elle d'une voix chevrotante qui traduit sa nervosité et son embarras.

Surmontant sa surprise, Alma accepte d'un sourire poli et conduit Marion à l'écart du flot compact d'étudiants qui rejoignent leur salle de cours.

– Savez-vous où est mon fils ?

– Non… prétend Alma, honteuse de proférer un tel mensonge.

Marion ne s'en laisse pas conter.

– Bien sûr, que vous savez où il est !

Plutôt que de mentir à nouveau, Alma préfère rester silencieuse. Marion, qui comprend dans quelle position délicate se trouve Alma, en appelle à sa raison.

– Vous savez comme moi ce qu'il risque en désertant. Chaque jour qui passe, c'est plusieurs semaines de prison en plus. Il fout sa vie en l'air !

– Qu'est-ce que vous attendez de moi ? lui demande Alma.

– Que vous me disiez où il se cache.

Tiraillée entre deux options contraires, Alma choisit finalement la loyauté envers Rodolphe.

– Je ne peux pas, madame.

– Essayez au moins de le convaincre !

Alma secoue négativement la tête.

– Je n'y arriverai pas. Il ne veut rien entendre. Pour lui, c'est une affaire politique.

Connaissant l'intransigeance de son fils dans ce domaine, Marion doit convenir qu'il ne se laissera pas fléchir facilement.

– J'espère au moins, soupire-t-elle, que ses lubies lui passeront. Le problème est de savoir à quel moment. Et s'il ne sera pas trop tard…

– Je vous promets que je lui parlerai. Même s'il n'écoute personne. À part lui !

Marion sourit amèrement.

– Je vois que vous le connaissez bien.

Elle prend affectueusement la main d'Alma.

– Je peux vous poser une question ?

– Mais oui !

– Quand vous êtes venue chez moi au sujet d'une grossesse, c'était vraiment pour une amie ?

Rodolphe n'avait rien à voir avec… avec cette histoire ?

Alma sursaute.

– Bien sûr ! Pourquoi ?

– C'est la première fois que je le vois rester aussi longtemps avec une fille.

– Deux mois, c'est peu !

– C'est un record pour lui, vous savez.

Un peu blessée d'être considérée comme un simple record de longévité amoureuse, Alma consulte sa montre.

– Je dois vous laisser, mon cours va commencer.

Elle abandonne Marion sur le parvis de la fac et se dirige vers l'amphithéâtre où Me Duparcq doit dispenser son cours de droit pénal. Dans un couloir, elle croise l'avocat.

– Vous avez vu votre copine à Paris ? demande-t-il.

– Oui, mais elle ne reviendra pas sur son témoignage.

Pour toute réaction, Duparcq ébauche une grimace de déception.

– Quelles en seront les conséquences ? s'inquiète Alma.

– À ce stade, il n'y a pas d'accusation formelle contre les trois mineurs. Mais une suspicion sur leur comportement, ça oui. Surtout s'il y a un témoignage aussi solide que celui de votre amie. Les juges se poseront une double question : premièrement, pourquoi se sont-ils retrouvés ensemble ce jour-là ? Deuxièmement, pourquoi voulaient-ils faire croire qu'ils ne se connaissaient pas ? Et c'est en effet une question qu'on peut se poser…

– Je n'ai pas de réponse, concède Alma, dépitée.

– Le risque, ajoute l'avocat, c'est que le procureur requière un non-lieu à la fin du procès. Le témoignage de votre amie le sert puisqu'il sert les Houillères. Et comme il a pour habitude de se placer du côté des puissants…

Après un moment de gêne, Alma parvient à aborder avec lui une autre question délicate.

– Puisque je ne peux pas payer vos honoraires, je voulais à nouveau vous proposer de venir le soir donner un coup de main.

– Sur ce dossier ?

– Ou un autre !

Une idée venant de germer en lui, Me Duparcq la dévisage en silence.

*

* *

Impatiente de revoir sa fille, Micheline s'est résolue à descendre à Paris, où elle ne s'était pas rendue depuis des années. Pour cette grande occasion, elle a mis ses plus beaux vêtements, qu'elle réserve d'habitude aux dimanches de fête.

La voilà maintenant assise face à sa fille, dans le même café que celui où Solana et Alma ont demandé des comptes à Caroline deux jours plus tôt.

– Je voulais savoir si tu allais bien, commence Micheline. Et aussi... te parler d'un truc qui me met très mal à l'aise.

– Je connais le truc, maman. Le témoignage ?

Micheline acquiesce.

– Ce témoignage, plaide Caroline, c'est mon cadeau de départ.

– Ton vrai cadeau, ce serait que tu reviennes à Chambries avec moi.

– Non, maman. Paris, ça me va très bien.

Des larmes montent aux yeux de Micheline.

– Qu'est-ce que tu veux que je fasse dans le café si tu n'es pas avec moi !

Caroline, lassée d'entendre encore et toujours le même refrain, ne peut réprimer son irritation.

– Oui, je sais maman, tu me l'as dit mille fois : c'est *notre* café. Mais c'est grâce à moi que tu vas pouvoir le garder ! Tu devrais me remercier, plutôt !

– C'est tout ce que tu as à me dire ? s'attriste Micheline.

– Oui !

– Tu es toute seule à Paris ! Tu ne sauras pas te débrouiller.

– Je suis majeure, maman !

Comprenant que l'argument ne fera pas céder Caroline, Micheline se sent désemparée.

– Toute seule derrière le bar, j'y arrive pas ! C'est dans la tête que j'y arrive plus… Je pense tout le temps à ton père…

Quoique bouleversée par le découragement de sa mère, Caroline reste inflexible.

– Je ne retournerai pas à Chambries, maman.

D'un mouvement lent et difficile, Micheline se lève de sa chaise.

– Bon. Je vais m'en aller.

Elle dépose quelques pièces sur la table. Caroline la dévisage avec tendresse, mais sans faire le geste que sa mère attendrait d'elle.

– Au revoir, ma petite fille, murmure Micheline.

– Au revoir, maman.

Elle s'en va sur un dernier regard. Quand elle passe la porte du café, Caroline plonge sa tête entre ses mains. Un jeune homme, qui était assis de dos, au comptoir, se retourne alors. C'est Didier, le fils du porion. Il s'approche de Caroline et s'assied à la place occupée précédemment par Micheline.

– Heureusement qu'elle ne m'a pas vu, plaisante-t-il.

Mais comme Caroline n'est pas d'humeur à rire, elle ne répond pas. De grosses larmes coulent sur ses joues. Didier la prend dans ses bras pour la consoler.

*

*   *

Dans le village de bord de mer où il continue à se cacher, Rodolphe est allé avec Alma se faire tirer le portrait dans un photomaton qui jouxte la mairie. Plutôt que de rester sérieux dans la cabine, il tire la langue ou grimace juste avant que le flash l'éclaire. Seul le dernier cliché est exploitable pour figurer sur la nouvelle pièce d'identité dont il a besoin pour fuir la France.

La première série de photos terminée, il attire Alma derrière le rideau et remet une pièce dans la machine. Tandis qu'il sourit et l'embrasse, elle reste figée face à l'objectif.

– Tu fais une sacrée tronche sur les photos, note-t-il après les avoir récupérées à l'extérieur. En vrai aussi, d'ailleurs !

Le visage fermé, elle croise les bras face à lui.

– J'ai vu ta mère hier…

Rodolphe ne laisse rien paraître de son étonnement.

– C'est ça qui te rend tristoune ?

Son insouciance, pourtant coutumière chez lui, la crispe.

– Elle s'inquiète pour toi, je te signale ! Et moi aussi !

– C'est mon charme naturel…

La désinvolture de la boutade exaspère Alma.

– T'es vraiment une tête à claques ! On est là à se morfondre à cause de tes conneries, et toi, tu te contemples dans le miroir ! Et en plus tu te trouves beau !

– Pas seulement beau…

Alma se rapproche encore de lui.

– Tu ne pourrais pas être un peu moins con, de temps en temps ? Parce que je commence à en avoir marre de toi. Alors voilà ce qu'on va faire : je vais t'aider pour tes faux papiers d'identité, mais après…

– Tu veux qu'on se sépare ? l'interrompt Rodolphe sur un ton plus sérieux.

– C'est une question que je ne vais pas tarder à me poser.

Elle s'éloigne de quelques pas. Il la rejoint.

– Sois un peu plus légère, Alma ! Ce n'est pas très grave, tout ça.

Elle s'arrête et le regarde fixement.

– Tu viens de mettre le doigt sur ce qui nous sépare : tu me trouves trop lourde, et moi je te trouve trop léger ! Superficiel, même !

– C'est la lutte des classes entre nous… ironise-t-il.

Mais Alma est bien décidée à lui dire son fait.

– Je vais te parler franchement : tes gesticulations de fils de bourge soi-disant politisé, ça ne m'intéresse pas, c'est que du pipeau. Et tu le sais très bien. C'est d'ailleurs pour ça que tu veux déserter, pour avoir une vraie histoire à raconter dans ta vie. Enfin ! C'est comme avec moi ! Sortir avec une fille de mineur, c'est la frime !

Elle le dévisage durement.

– T'as raison, ajoute-t-elle, déserte ! Je t'enverrai ta fausse carte d'identité.

Et cela dit, elle se retourne et s'éloigne de lui. Terriblement blessé par les propos d'Alma,

Rodolphe fait de même. Ils avancent chacun dans des directions opposées quand, mus par une même intuition, ils pivotent simultanément et se regardent. Après un moment d'hésitation, ils courent l'un vers l'autre et s'embrassent éperdument.

Solana et Alma entrent dans l'imprimerie et se dirigent vers Léonard qui, penché sur une machine, en vérifie le bon fonctionnement. Quand il voit les deux copines approcher, il lève la tête pour les saluer.

Un peu gênée, Solana se force à sourire avant de formuler sa demande.

– J'ai une question délicate à te poser : tu saurais fabriquer des faux papiers d'identité ? C'est pour un copain…

Léonard la regarde, impassible, tout en s'essuyant les mains sur un chiffon noirci d'encre.

– Ça dépend… Si c'est un détrousseur de bonnes femmes ou un cambriolman sans scrupules, c'est non. Si c'est un réfugié chilien, ça peut s'envisager. Je ne dis pas qu'on saurait faire. Je ne dis pas non plus qu'on ne saurait pas faire…

– C'est un déserteur, intervient Alma.

– Français ?

– Oui.

– Ça manque de panache… commente Léonard en faisant la moue.

– Je ne te demande pas si ça manque de panache, se crispe Solana, je te demande si tu peux lui faire des papiers.

Agacé par le ton désobligeant de Solana, Léonard lui tourne le dos et s'éloigne.

– Si tu me parles comme ça, tu peux aller voir ailleurs, jeune fille !

Elle court derrière lui et le rattrape.

– Excuse-moi, Léonard.

Il soupire puis regarde Solana avec l'indulgence qu'il lui a toujours témoignée.

– Tu as une photo du gars ?

Elle se tourne vers Alma, qui fouille précipitamment dans son sac et en sort la photo de Rodolphe prise au photomaton.

– Bon, suivez-moi, leur propose Léonard.

Ils se rendent dans le bureau de l'imprimerie, où Léonard ouvre une armoire métallique fermée à double tour. Il en sort tout un matériel de faussaire : documents vierges, tampons, pinces, rivets… Sous le regard éberlué des deux copines, il les dispose sur la table de travail et approche une lampe. Il prend la photo de Rodolphe, qu'il fixe sur une carte d'identité. Ses mains tremblent légèrement.

– C'est moins facile qu'avant… déplore-t-il.

– Tu as fait ça souvent ? s'étonne Alma.

– Parfois, dans le temps… répond-il, évasif.

Lambert entre alors dans le bureau et s'approche de Léonard sans manifester la moindre surprise au sujet de ce qu'il le voit faire. Il se tourne ensuite vers Alma en lui tendant la main.

– Bonjour. Je ne vous ai jamais vue par ici ?

Solana la présente.

– Alma, ma meilleure amie.

Lambert lui serre la main puis revient à Léonard.

– C'est pour qui ?

– Un déserteur. Mais j'ai un peu perdu la main.

Il montre son travail à Lambert, qui observe attentivement la photo apparaissant sur la fausse carte d'identité.

– Pourquoi il déserte ?

– Il refuse de faire son service militaire, répond Alma. Et maintenant, à cause des manifs qu'il a organisées à la fac de Lille, les flics le recherchent.

Lambert échange un coup d'œil complice avec Léonard, lequel lui cède sa place à la table de travail. En quelques gestes d'une grande précision, Lambert recentre la photo de Rodolphe, la fixe proprement avec des rivets et y appose un coup de tampon en relief.

– Pour les nom, prénom et adresse, je te laisse faire, dit-il à Léonard en lui rendant la carte.

Solana et Alma sont impressionnées par la dextérité avec laquelle Lambert a opéré.

– Notre tampon a toujours eu un petit défaut, regrette-t-il en pointant l'index sur la photo : il n'y a pas d'accent sur le « e » de « République française ». Mais personne ne l'a jamais remarqué.

Son travail accompli, Lambert quitte le bureau pour retourner dans l'atelier.

– On dirait qu'il a fait ça toute sa vie ! admire Solana.

– Presque ! rigole Léonard. Mais surtout pendant la guerre d'Algérie. On en a aidé, des déserteurs et des membres du réseau Jeanson.

– C'est quoi ? l'interroge Alma.

– Des militants qui combattaient la torture de l'armée française et aidaient les Algériens du FLN.

Il s'assied derrière une machine à écrire et glisse la fausse carte d'identité sur le rouleau.

– Pourquoi vous avez arrêté ? lui demande Solana.

À l'évocation d'un mauvais souvenir, un voile de tristesse recouvre le visage de Léonard.

– On s'est fait emplafonner…

– Par qui ?

– Je ne m'en souviens plus… murmure l'imprimeur, énigmatique. Il vaut mieux ne pas en parler. Donnez-moi plutôt le blaze que le minot s'est choisi.

– David Dotte, improvise Alma. Avec deux « t ».

Léonard tape le nom d'emprunt sur la carte d'identité, ainsi qu'une adresse fictive à Chambries. Très satisfaite du résultat, Alma le remercie chaleureusement. Quant à Solana, en signe de gratitude, elle lui dépose sur le front un baiser qu'il reçoit avec plaisir.

Intimidée, Alma sonne à la porte du cabinet de Duparcq. L'assistante de l'avocat, une femme énergique d'une quarantaine d'années coiffée d'un chignon strict, vient l'accueillir.

– Entrez mademoiselle. Me Duparcq m'a demandé de rassembler pour vous les dossiers de procès récents relatifs à des accidents miniers. Si vous voulez bien me suivre.

L'assistante conduit Alma jusqu'à un petit bureau où s'amassent des piles d'épais dossiers. Sur l'une d'elles est posée l'édition du jour du quotidien de Vilson, qui titre sur le procès à venir : « ACCIDENT DE CHAMBRIES : LA FAUTE DES MINEURS ».

Alma jette rageusement le journal dans une corbeille à papier et s'assied à la table de travail.

– Me Duparcq est retenu au palais de justice, précise l'assistante. Il en a encore pour un certain temps.

– J'attendrai son retour, je ne suis pas pressée.

Tandis que l'assistante quitte la pièce, Alma sort de son sac un stylo et un bloc-notes. Impressionnée par l'ampleur du travail qui l'attend, elle hésite un instant avant d'empoigner un premier dossier sur lequel est écrit « Accident de la mine de Liévin – 27 décembre 1974 ».

Bien plus tard en début de soirée, alors que son assistante a déjà quitté le cabinet, Me Duparcq revient du palais de justice. Voyant que la lumière du petit bureau est allumée, il passe une tête à l'intérieur de la pièce et voit Alma, ensevelie sous une montagne de dossiers ouverts.

– Vous êtes encore là ? s'étonne-t-il.

Elle lui sourit en se frottant les yeux de fatigue.

– Je meurs de faim ! lance-t-il. Allons dîner.

Alma, flattée d'être conviée à dîner par son prof, range ses affaires en vitesse et suit

Duparcq jusqu'à une élégante brasserie toute proche. Il serre la main des serveurs puis s'installe à une table où il semble avoir ses habitudes.

– Alors, qu'avez-vous trouvé d'intéressant dans les dossiers ? interroge Duparcq après avoir passé la commande.

– J'ai lu que, lors de la catastrophe de Liévin l'an dernier, les syndicats se sont portés partie civile. Mais si j'ai bien compris, ce n'est pas fréquent dans les accidents miniers.

– Quarante-deux morts : ça justifie de faire une exception ! Mais c'est vrai que les syndicats traînent rarement les Houillères devant les tribunaux. Il y a encore beaucoup de paternalisme dans les rapports avec les mineurs.

Un serveur vient déposer les plats sur la table. Affamé, Duparcq attaque aussitôt le sien.

– Je ne me souviens plus, dit-il la bouche pleine, qui a été inculpé par le juge Pascal à Liévin.

– Le directeur du service de sécurité, répond sans hésiter Alma. Pour homicide et blessures involontaires.

– Sur quels fondements ?

– Les experts en toxicologie ont décelé un taux de méthane très élevé dans les poumons de certains mineurs. Ça veut dire qu'avant l'accident, ils ont respiré du grisou.

Duparcq pose ses couverts dans son assiette et dévisage Alma d'un air grave.

– À Chambries aussi, le meilleur moyen de savoir ce qui s'est passé, ce serait de faire une autopsie des victimes.

– Je ne veux pas, répond Alma d'une voix déterminée.

– Je vous comprends… concède-t-il.

À cet instant, Alma découvre avec stupéfaction que Vilson, assis sur son fauteuil roulant, vient d'apparaître à l'entrée du restaurant. Les garçons se précipitent pour l'aider à se frayer un chemin jusqu'à une table où une femme au physique avantageux l'attend. Le magnat de la presse, qui n'a pas remarqué la présence d'Alma dans le restaurant, gratifie la femme d'un baisemain galant.

– Vous connaissez ce loustic ? demande Duparcq en voyant le regard haineux qu'a porté Alma sur le nouvel arrivant. Tous ses journaux vont être contre nous pendant le procès.

– Je sais… gronde-t-elle, les mâchoires serrées.

Du coin de l'œil, elle observe le grand jeu de séduction que déploie Vilson pour son invitée.

– Pour le moment, continue Duparcq, il n'y a rien dans le dossier qui accuse les Houillères de Chambries.

– Rien non plus qui accuse les trois mineurs, rétorque Alma.

– C'est vrai... Je voudrais d'ailleurs rencontrer assez vite les représentants syndicaux au sujet de la sécurité dans la mine, pour savoir si toutes les normes ont été respectées. Vous pouvez m'organiser ça ?

Acquiesçant d'un simple signe de tête, Alma jette de nouveau un regard en direction de Vilson, qui se montre de plus en plus entreprenant avec la jeune femme. Exaspérée par la muflerie de son « beau-père », elle repousse son assiette.

– Je suis désolée, mais il faut que je parte. Sinon je vais rater le dernier car pour Chambries.

– Je vais vous ramener, propose Duparcq avec prévenance.

Il fait signe à un serveur de lui préparer l'addition, qu'il ira payer directement à la caisse. Tous deux se lèvent de table en même temps. Mais au lieu de suivre l'avocat jusqu'à la sortie, Alma bifurque en direction de Vilson et se plante face à lui.

– Comment ça va, beau-papa ? l'interpelle-t-elle d'un ton faussement enjoué.

– Je ne t'avais pas vue… marmonne Vilson, soudain livide.

Alma tend la main à la jeune femme.

– Bonjour madame !

Quoique interloquée, la femme n'a d'autre choix que de la serrer. Alma adresse ensuite un large sourire à Vilson.

– Le collier de perles que vous avez offert à maman pour l'anniversaire de votre rencontre est magnifique ! C'est tellement gentil de votre part, elle était folle de bonheur. On voit que vous êtes très amoureux tous les deux.

Elle se recule d'un pas et salue d'un signe de tête.

– À tout à l'heure, beau-papa ! On se retrouve à la maison !

Effarée, la jeune femme plonge le nez dans son assiette. Alma, satisfaite d'avoir gâché le dîner des deux tourtereaux, se dirige vers la sortie de la brasserie. Elle y rejoint Duparcq, qui n'a rien vu de l'incident.

Marchant l'un à côté de l'autre, ils s'avancent dans la rue sombre vers la voiture de l'avocat.

– Je ne comprends toujours pas ce que cherchent à démontrer les Houillères, dit-il d'un ton préoccupé. Quelle faute les trois mineurs de Chambries auraient-ils pu commettre ? Vous avez une idée ?

– Non, aucune.

– Les Houillères non plus, à mon avis. Le procès risque de se terminer sur un résultat fifty-fifty.

Duparcq s'arrête à proximité de sa voiture. Mais plutôt que de déverrouiller la portière, il poursuit à voix haute sa réflexion.

– Il y a quelque chose que je ne comprends pas : pourquoi les mineurs ont-ils tant de reconnaissance à l'égard des Houillères ? Ils ont pourtant une vie de chien !

Alma, un sourire mélancolique aux lèvres, secoue négativement la tête.

– Ne croyez pas ça. Pour un mineur, travailler aux Houillères, c'est un honneur. Une immense fierté ! Vous verrez que dans trente ou quarante ans, quand tout aura changé dans le bassin minier, ils en garderont une grande nostalgie.

Sceptique quant à la réalisation d'une telle prédiction, l'avocat ouvre la portière de sa voiture côté passager et invite Alma à monter à bord. Il démarre et file dans la nuit en direction de Chambries.

Peu après, il stoppe devant la petite maison en briques de Solana. Il coupe le contact et se tourne vers Alma.

– Il y a une dernière chose que je voudrais vous dire : je me suis permis de parler avec quelqu'un de la préfecture du cas de votre camarade déserteur. S'il se rend rapidement aux autorités, les poursuites contre lui seront abandonnées. Il fera son service en Allemagne. C'est tout.

– Et sinon ?

– Il sera poursuivi, probablement emprisonné, et de toute façon obligé de faire son service militaire. Il faut que vous le convainquiez de se rendre. Plus il attend, plus sa désertion lui coûtera cher.

Alma, qui savait que Rodolphe n'avait plus le choix, baisse la tête.

– C'est gentil de votre part d'être intervenu.

Ne sachant comment saluer Duparcq, elle reste un moment silencieuse et gauche avant de descendre de voiture.

– Merci pour tout… bredouille-t-elle sans oser le regarder dans les yeux.

Épuisé par sa longue journée de travail, l'avocat lui sourit avec gentillesse puis démarre au moment où Alma pousse la porte de la maison.

Dans le salon, l'Ossa du père de Solana n'est plus qu'un amas de pièces détachées jonchant le sol. Des papiers et des objets, sortis de cartons éventrés, sont éparpillés un peu partout, dans le plus grand désordre.

Alma entend des bruits inquiétants provenant de l'ancienne chambre du père de Solana. Elle s'en approche sur la pointe des pieds et voit sa copine, les cheveux en bataille, jeter sur le lit toutes les affaires contenues dans les placards.

– Qu'est-ce que tu fais ? lui demande-t-elle, abasourdie par une telle agitation nocturne.

Solana, essoufflée par l'effort, s'éponge le front.

– Je cherche…

– Quoi ?

– Si seulement je savais… Mais il y a un mystère avec la moto de mon père, c'est sûr. J'ai épluché tous les catalogues d'Ossa depuis trente ans. C'est des engins de compétition ou tout-terrain. Mon père ne pouvait pas croire qu'il en avait acheté une.

– On a pu lui vendre sans qu'il s'en rende compte, hasarde Alma.

– Non, impossible. Il la bricolait tout le temps. Il était trop maniaque avec sa bécane pour ne pas le savoir. Je t'assure : il y a quelque chose de bizarre dans cette histoire. Et ça m'obsède.

Solana contemple, dépitée, le bazar qui règne dans la chambre.

– Allons nous coucher. Je continuerai mes recherches demain.

– Bonne idée, admet Alma tout en se dirigeant vers la salle de bains.

Dix minutes plus tard, les deux copines s'étendent l'une à côté de l'autre dans le lit de Solana. Perdues dans leurs pensées, elles scrutent le plafond.

– Tu sais, dit Alma d'une voix songeuse, j'ai dîné avec Duparcq ce soir. Dans une brasserie très chic de Lille…

Elle tourne la tête vers Solana. L'expression de son visage a changé.

– Dans le restau, il y avait Vilson avec une nana. Tu aurais vu comment je suis allée lui balancer un truc dans les dents ! Comme toi ! À mon avis, la nana, elle n'est pas restée longtemps.

– Tu crois qu'il trompe ta mère ?

– Ça y ressemblait…

– Tu vois que tu l'aimes !

Alma se redresse d'un seul mouvement.

– Vilson ?

– Mais non ! Ta mère !

Alma bascule en arrière et éteint la lumière.

– Bien sûr que je l'aime, reconnaît-elle une fois la chambre plongée dans le noir.

Elle se tourne du côté opposé pour tenter de trouver le sommeil. Mais Solana reste les yeux grands ouverts et les bras croisés, ne parvenant toujours pas à croire que son père se soit fait berner avec sa moto. Pour elle, le mystère reste entier.

Le dimanche matin, alors qu'un beau soleil brille sur Chambries, Solana et Alma arrivent à l'imprimerie. Elles y retrouvent Mariano et une dizaine de mineurs, qui observent la pile de tracts que Lambert sort d'une machine.

– Tout frais, tout chaud ! s'exclame fièrement Léonard après avoir vérifié la qualité de l'impression.

Mariano lui serre la main en guise de remerciement, puis s'adresse aux mineurs.

– Le procès de la mine va bientôt commencer. Il faut donc mobiliser les troupes ! Répartissez-vous les tracts et postez-vous aux quatre coins de la place du marché. On y va !

Les mineurs s'exécutent et, tous ensemble, prennent la direction du centre de Chambries. Les deux copines, les bras également chargés de tracts, leur emboîtent le pas.

En chemin, Solana se faufile à hauteur de Mariano.

– J'ai un truc à te dire. Le témoignage foireux fait à la juge, c'est pas Micheline…

Interloqué, Mariano s'arrête de marcher.

– C'est qui, alors ?

– Pas elle. Et ce serait dégueulasse de la laisser en quarantaine.

Mariano reprend sa marche, très troublé par ce que vient de lui révéler Solana.

– Qu'est-ce que tu veux que je fasse ?

– Transmets l'information aux mineurs. Pour qu'ils retournent chez elle.

– D'accord, mais dis-moi qui a balancé.

– On le découvrira probablement au procès, élude Solana.

– Je vais réfléchir… se contente de répondre Mariano.

Parvenus sur la place du marché, qu'une foule dense a envahie, les mineurs vont se poster aux endroits stratégiques pour distribuer les tracts.

De leur côté, les deux copines entreprennent de remonter une travée, tendant machinalement des tracts devant elles. Sans qu'Alma l'ait vu venir, Valérie se saisit de l'un d'eux.

Son visage se décompose à mesure qu'elle en découvre le contenu.

– Il faut qu'on parle toutes les deux, dit-elle à sa fille en l'attrapant par le bras.

Abandonnant Solana au milieu des étals, elles s'éloignent précipitamment en direction d'un café, où elles s'attablent en terrasse.

Valérie brandit le tract sous le nez de sa fille.

– Vous n'y allez pas de main morte avec Georges ! « Suppôt des Houillères », « Hersant local », « Tyran de la classe ouvrière »... C'est toi qui as écrit ça ?

– Non, rétorque Alma, mais je suis d'accord puisque je le distribue !

– Il est très en colère contre toi depuis que...

– Maman, la coupe Alma, je m'en fiche qu'il soit en colère contre moi...

Elle lui prend les mains, comme pour mieux lui transmettre sa conviction.

– Qu'est-ce que tu fous avec ce type, maman ? Je ne t'ai jamais vue comme ça avec papa ! Pourquoi tu te laisses martyriser ?

Valérie, que l'argument a frappée en plein cœur, peine à répondre.

– Parce que... c'est l'homme avec lequel j'ai choisi de vivre.

– On se demande bien pourquoi !

– Tu ne veux pas voir ses qualités, mais il en a.

Alma lui lâche les mains en un geste de rejet.

– Tant mieux pour toi.

– Mais je ne veux pas que... que ça nous éloigne, toi et moi.

– Ce qui nous a éloignées, maman, c'est que tu aies quitté papa.

– Il y a beaucoup de gens qui se séparent...

Des larmes de tristesse montent aux yeux d'Alma.

– Il était tellement seul après... Il t'aimait plus que tout ! Tu te rends compte qu'il est parti avec ce malheur !

– Mais moi, je ne l'aimais plus, Alma. Tu es une femme maintenant, tu peux comprendre.

Alma s'essuie les joues avec le dos de la main.

– Non, je ne comprends pas ! Surtout si c'est pour aller vivre chez un salaud qui attaque mon père dans ses journaux !

Découragée, Valérie se recule sur sa chaise.

– On n'y arrivera pas, hein, toutes les deux ? En tout cas, pas maintenant.

– Il faut qu'on attende encore un peu, maman...

– Fais-moi signe quand tu seras prête.

Valérie se lève de sa chaise, dépose un billet sur la table du café et disparaît dans la foule qui se hâte sur la place du marché. Alma reste assise seule à la terrasse, son paquet de tracts froissés dans les mains.

Le visage fermé, Alma se tient face à Rodolphe dans le jardin de la villa qu'il continue de squatter en bord de mer. À contrecœur, elle lui donne la fausse carte d'identité confectionnée à l'imprimerie par Lambert et Léonard.

En signe de gratitude, Rodolphe s'approche d'elle, sourire avenant aux lèvres, pour la prendre dans ses bras. Mais Alma le repousse.

– J'ai parlé avec un avocat à Lille. Il te conseille fermement de te rendre. Et vite ! Après, il se débrouillera pour arranger les choses.

– C'est qui, l'avocat ? demande Rodolphe avec méfiance.

– Duparcq. Celui que tu appelles le « social-traître ». Il a quand même eu la gentillesse de s'occuper de toi.

– Pourquoi il l'a fait ? Je ne lui ai rien demandé…

– Parce qu'il a compris que ta situation me préoccupait.

– Et il s'intéresse tant que ça à toi ? persifle Rodolphe, non sans une pointe de jalousie.

– On s'en fiche qu'il s'intéresse à moi ou non ! L'important, c'est que *moi* je m'intéresse à toi !

Rodolphe hausse à son tour le ton.

– Pas comme ça ! Parce que je ne me rendrai pas aux flics ! Demain, je serai en Belgique, point final. Tu viendras me retrouver si tu en as envie ! Sinon, tant pis pour nous !

– Alors, tant pis pour nous ! le défie Alma, les yeux dans les yeux.

Elle reboutonne son manteau et, furieuse de l'entêtement de Rodolphe, se dirige vers la porte du jardin. Il la rattrape juste avant qu'elle l'ouvre.

– Alma, attends ! Arrêtons de nous engueuler !

Elle pointe un index accusateur vers Rodolphe.

– On arrêtera le jour où tu auras changé d'avis ! J'en ai marre de venir ici en me planquant, de mentir à ta mère, d'être la complice de tes conneries.

– Parce que tu trouves que c'est une connerie de refuser l'armée !

– Toi, en réalité, ce que tu refuses, c'est de perdre une année à te tourner les pouces en uniforme. C'est tout ! Ton choix, il n'a rien de politique !

– Bien sûr que si ! s'insurge Rodolphe, rouge de colère. Je suis antimilitariste ! Viscéralement antimilitariste !

Alma ne peut contenir le mépris qu'elle éprouve à son égard.

– Non, tu n'es qu'un petit-bourgeois capricieux et immature !

Secouée par la violence de l'échange, elle se dégage de son emprise et franchit d'un pas résolu la porte du jardin. Rodolphe, désarçonné, la suit des yeux jusqu'à ce qu'elle disparaisse, plus loin, à l'angle de la rue.

Dans le car qui la ramène à Lille, Alma demande au chauffeur de la déposer dans le centre-ville. Elle se rend directement à l'appartement des parents de Rodolphe, où elle est accueillie par Marion.

– Alma, quelle bonne surprise ! se réjouit celle-ci en ouvrant la porte. Je suis contente de vous voir. Entrez.

Mais Alma préfère rester sur le palier.

– J'ai réfléchi, commence-t-elle sans cérémonie. Je vais vous dire où se cache votre fils...

Le visage de Marion devient subitement plus grave.

– Pourquoi vous faites ça ?

– Pour lui éviter de foutre sa vie en l'air.

– Il ne vous le pardonnera jamais.

– À vous non plus, réplique Alma.

– Pourquoi ?

– Parce que c'est vous qui prendrez la décision. Moi, je ne ferai que vous donner l'adresse de sa planque.

Les deux femmes se toisent en silence. Puis Marion hoche la tête.

– D'accord...

– Je dois vous avertir, ajoute Alma tout en griffonnant l'adresse sur un bout de papier, qu'il a prévu de fuir en Belgique dès demain.

Marion prend le bout de papier. Après le départ d'Alma, elle se dirige vers son bureau et, non sans avoir hésité un long moment, décroche le téléphone.

Quelques heures plus tard, alors que la nuit est tombée depuis longtemps, Rodolphe est plongé dans un profond sommeil dans la chambre qui donne sur la mer. Soudain, des coups violents retentissent à la porte de la villa. Il se réveille en sursaut.

– Gendarmerie nationale, ouvrez ! entend-il.

Il se précipite à la fenêtre en trébuchant et écarte légèrement les rideaux. Dehors, une demi-douzaine de gendarmes venus en camionnette prennent position tout autour de la maison. Les coups donnés contre la porte redoublent d'intensité.

– Sortez d'ici !

Paniqué, Rodolphe s'habille en toute hâte et descend au rez-de-chaussée sur la pointe des pieds. Il se rend dans la cuisine et ouvre une petite porte qui donne vers l'arrière. Mais au moment où il met un pied dehors, deux hommes en uniforme bondissent sur lui et l'immobilisent au sol. Ils lui passent aussitôt les menottes et l'emmènent sans ménagement vers la camionnette, dont les gyrophares se mettent à tournoyer dans la nuit.

*

* *

Dans le bureau de l'imprimerie de Chambries, Solana négocie âprement au téléphone avec un client, qu'elle abreuve de chiffres et de pourcentages avec beaucoup d'habileté.

Soudain, des éclats de voix lui parviennent de l'atelier. Elle se lève de sa chaise et, intriguée, se penche vers l'entrebâillement de la porte.

– Continuez comme ça, entend-elle, et vous vous retrouverez sur la paille !

Solana interrompt précipitamment sa conversation téléphonique et sort du bureau. Au milieu de l'atelier, sur sa chaise roulante, Vilson insulte les typographes en agitant les bras.

– Je vous niquerai dans toute la région !

Solana cherche Lambert et Léonard du regard. Mais ils ne sont toujours pas rentrés de leur rendez-vous à l'extérieur.

Quand Vilson, le visage congestionné, voit Solana apparaître au fond de l'atelier, il lui tend le tract diffusé le dimanche précédent sur la place du marché de Chambries.

– Qu'est-ce que c'est que cette saloperie ? Vous m'insultez ! Je vous le dis, moi : je vais vous ruiner !

Solana s'avance crânement dans sa direction en se frayant un passage parmi les ouvriers qui, les poings serrés, font cercle autour de lui.

– D'abord, vous n'avez rien à faire ici ! riposte-t-elle. Ensuite, vous parlez sur un autre ton !

– Espèce de connasse ! s'énerve Vilson en retour. La meilleure amie de ma belle-fille ! Mais tu as été élevée où, toi ? Qui t'a appris à imprimer un torchon pareil !

– Partez d'ici ! lui ordonne Solana, le doigt pointé vers la porte.

À cet instant, Lambert et Léonard surgissent dans l'imprimerie.

– Voilà le maquereau en chef ! lance Vilson à l'adresse de Lambert. Anarchiste, mon cul ! Tu fais la paire avec ta pute ! ajoute-t-il en désignant Solana.

Révulsé par l'insulte visant sa protégée, Lambert devient blanc comme un linge.

– Dehors ! crie-t-il.

Joignant le geste à la parole, il fond sur Vilson, agrippe les poignées de son fauteuil roulant et le repousse vivement vers la sortie.

Mais au moment de franchir la porte, Lambert s'arrête brusquement. Une douleur atroce lui lacère la poitrine. Son énergie se dérobe, l'air lui manque. Les yeux hagards et la bouche grande ouverte, il tournoie sur lui-même et s'effondre de tout son poids sur le sol.

Solana, Léonard et les typographes se ruent vers lui.

– Laissez-le respirer ! les exhorte Solana.

Tandis qu'elle dégrafe le col de chemise de Lambert, un ouvrier se charge d'expulser Vilson, devenu muet après avoir vu Lambert s'écrouler.

– Appelez les secours ! hurle Solana, affolée.

Léonard se précipite vers le bureau et attrape le téléphone. Solana soulève délicatement la tête de Lambert, qui tente en vain de happer l'air. Les battements de son cœur ralentissent inexorablement. En un ultime sursaut, son corps se raidit puis se relâche lentement, devenu inerte dans les bras de Solana.

Quand les pompiers interviennent quelques minutes plus tard, Lambert a déjà rendu son dernier soupir. Il gît sur le sol, recouvert d'un drap blanc, entouré des typographes de l'imprimerie. Solana se tient accroupie à ses côtés, sidérée par la douleur.

Léonard, les yeux emplis de larmes, vient la relever au moment où les pompiers emportent le défunt sur une civière. Il la prend affectueusement dans ses bras pour l'emmener dans le bureau.

– Vous saviez qu'il était cardiaque ? lui demande-t-elle d'une voix blanche.

– Il a fait sa première attaque il y a cinq ans. Après, il a eu plusieurs alertes. Il était en sursis depuis longtemps…

Incapable de la moindre réaction, Solana s'enferme seule dans le bureau pour pleurer la disparition de celui qu'elle considérait comme son père adoptif, l'homme qui lui avait tendu la main lorsqu'elle se sentait perdue. C'était grâce à lui, à sa générosité, qu'elle avait retrouvé le goût de vivre. Il avait su faire de l'imprimerie sa deuxième famille, le refuge où elle s'était enfin épanouie. À présent, elle était de nouveau orpheline.

De retour chez elle, à une heure avancée de la nuit, Solana s'effondre sur le canapé du salon, épuisée par le chagrin. Devant elle, s'étale l'indescriptible désordre qu'elle a créé dans l'espoir absurde de percer le mystère de son père.

De rage, elle se relève d'un bond, jette au sol le contenu entier d'un tiroir, renverse une boîte de rangement, éventre un vieux pouf. Mais la réponse aux questions obsédantes qu'elle se pose ne se trouve nulle part.

Désespérée, elle retourne s'asseoir sur le canapé et avise la moto de son père, dont elle détaille chacune des pièces détachées qui sont éparpillées sur le sol. Comme mue par un sixième sens, elle empoigne la selle, la tourne et la retourne. À l'aide d'un couteau, elle arrache la garniture en cuir qui la recouvre et finit par découvrir, dissimulée sous ses ressorts, une pochette en plastique soigneusement pliée.

Elle l'ouvre d'une main tremblante et en extirpe une carte d'identité qui semble ancienne.

Le document porte la photo de son père, celle qui orne sa sépulture au cimetière de Chambries. Mais le nom figurant à côté est tout autre : Patrick Pourtis, né à Paris le 4 mai 1931.

– 6 –

C'est le grand jour au tribunal de Chambries où, après des mois d'instruction chaotique, le procès de l'explosion de la mine va enfin s'ouvrir. Une foule dense se rassemble au pied des marches qui mènent à la salle d'audience. Il y a là de nombreux mineurs en tenue du dimanche, des journalistes et des photographes de la presse locale, des avocats en robe noire.

Quand Micheline, Solana et Alma arrivent à leur tour devant le tribunal, tous les regards convergent dans leur direction. Mariano se détache des autres mineurs pour venir les saluer. Il prend longuement Solana dans ses bras. Elle est en tenue de deuil et son visage est creusé par la fatigue.

– Je suis désolé pour Lambert.

Puis Mariano embrasse Alma.

– Caroline n'est pas là ? demande-t-il à Micheline, surpris de son absence à un moment aussi important.

– Non, répond Micheline d'une voix terne, elle ne viendra pas. Elle a beaucoup de travail pour un défilé de mode à Paris.

– Je pensais que son père valait mieux qu'un défilé de mode… commente amèrement Mariano.

Tous ensemble, ils gagnent la salle d'audience où Me Duparcq, déjà concentré sur ses dossiers, les invite à prendre place au premier rang. Quand le public est installé sur les bancs, le greffier se lève.

– Le tribunal ! annonce-t-il d'une voix puissante.

L'assistance se lève. Le président, un homme d'une soixante d'années qui semble ployer sous le poids des dossiers, entre dans la salle du tribunal, accompagné de ses deux assesseurs. Quand il s'assied, la salle l'imite.

– L'audience est ouverte ! proclame-t-il.

Du haut de son estrade, il jette un regard circulaire sur le public.

– Nous sommes réunis aujourd'hui pour juger une affaire aussi tragique sur le plan humain que complexe sur le plan juridique.

L'enjeu de ce procès sera d'établir s'il y a eu des manquements aux règles de sécurité de la part des Houillères, ou bien une imprudence de la part des victimes qui ont péri dans un terrible accident.

Des murmures de réprobation montent de l'assistance. À l'évidence, la dernière hypothèse émise par le président heurte les mineurs.

– Je rappelle, poursuit-il néanmoins, qu'en droit, on peut être responsable sans être coupable, mais que tout coupable est responsable. Dans l'affaire qui nous occupe, il faudra établir s'il y a eu une faute pénale, et dans l'affirmative, qui l'a commise.

Après avoir indiqué, en guise d'interminable préambule, les faits, noms, lieu et date de l'affaire, le président appelle à la barre l'expert en sécurité minière désigné par la cour. L'homme, qui porte une chemise au col pelle à tarte, installe sur un chevalet une carte détaillée de la mine de Chambries et commence son exposé.

– La bowette dans laquelle l'explosion a eu lieu n'était plus exploitée depuis plusieurs années. Les Houillères avaient prévu de fermer la fosse 6 du secteur ouest. Les décadreurs devaient donc descendre récupérer les armatures en fer et en bois. Après destruction des soutènements, il était prévu de foudroyer la galerie.

Peinant à comprendre les explications techniques, le président se masse le crâne en tâchant de ne pas perdre le fil de la démonstration. À plusieurs reprises, il doit cependant interrompre l'expert pour lui demander d'employer des termes compréhensibles par des novices.

Au bout d'une heure, un deuxième expert, nettement plus âgé que le précédent, est appelé à la barre par le président.

– Ma très longue expérience de médecin dans le bassin minier, explique-t-il, me permet d'assurer au tribunal que les trois victimes présentaient tous les signes d'une intoxication mortelle par gaz, celui qu'on appelle vulgairement le grisou. Je précise, pour ceux qui l'ignoreraient, qu'il s'agit d'un gaz inodore, incolore et composé à 95 % de méthane. Il se dégage de certains charbons et peut exploser quand son taux dans l'air est compris entre 5 et 15 %.

Agacé que le médecin émette d'emblée l'hypothèse d'un coup de grisou pour expliquer l'explosion, l'avocat des Houillères l'interrompt sans ménagement.

– Comment pouvez-vous être aussi affirmatif sur les causes du décès des victimes, alors qu'aucune autopsie n'a été pratiquée sur les corps ?

Me Duparcq, soucieux d'affirmer sans attendre sa présence dans les débats, lui répond du tac au tac.

– Puis-je demander à mon honorable confrère ce que dissimule cette étrange interrogation ?

– Rien... minimise l'autre. C'était une simple question...

– Une question, certes. Simple, certainement pas. Mon imagination débordante y voit une insinuation des plus douteuses.

L'avocat des Houillères s'empourpre.

– Je ne vous autorise pas !

D'un geste de la main plein d'autorité, le président lui enjoint de garder son calme. Puis il s'adresse à Duparcq avec une certaine bienveillance.

– Je vous en prie, maître, insinuez à votre tour...

Duparcq se lève, remonte légèrement les manches de sa robe et se tourne vers l'avocat des Houillères.

– Si vous doutez de la réalité de l'intoxication mortelle par gaz, c'est que vous avez une autre idée derrière la tête. Exprimez-la, cher confrère.

Piqué au vif, le confrère se lève à son tour.

– Je cherche à comprendre pourquoi trois hommes qui, officiellement, ne se connaissaient pas, se sont retrouvés dans une galerie dont ils savaient qu'elle était condamnée. Qu'y faisaient-ils ? D'où une interrogation logique : comment sont-ils morts ?

– On vous l'a dit, le coupe Duparcq : un coup de grisou. Ce qui, hélas, arrive trop fréquemment au creux de la mine !

Tandis que Duparcq regagne sa place, des applaudissements retentissent dans la salle, où les mineurs sont présents en nombre. Le président de la cour tente de ramener le calme en frappant avec son maillet sur un socle en bois. Ne parvenant pas à faire cesser le tumulte, il décide de remettre l'audience au lendemain.

*

* *

Solana n'imaginait pas qu'elle reviendrait si vite dans le cimetière de Chambries pour y enterrer un être cher. Mais aujourd'hui, dévastée par la peine, elle se tient vêtue de noir face à la tombe de Lambert. Autour d'elle, Léonard et la dizaine de typographes de l'imprimerie se recueillent également dans un silence chargé d'émotion. Ils se serrent les uns contre les autres, comme pour se protéger de la douleur qui les assaille.

Le cercueil est descendu dans l'excavation, puis chacun se présente devant la fosse, incline la tête et lance une rose rouge. Plusieurs ouvriers brandissent le poing, en hommage aux engagements politiques de Lambert. Quand les fossoyeurs entrent en action, les proches de l'imprimeur s'éloignent à pas lents dans les allées sinistres et rectilignes du cimetière.

D'un même pas, ils se dirigent en cortège mortuaire vers l'atelier. On se regroupe au milieu des machines, on prépare des verres, on ouvre des bouteilles de vin rouge à la mémoire de Lambert. Mais personne n'a vraiment le cœur à trinquer.

– Qu'est-ce qu'on va devenir ? s'afflige l'un des ouvriers. Sans Lambert, on n'existe plus.

– On va devoir vendre… se rembrunit un autre. Mais à qui ?

– Le seul qui pourrait nous racheter à Chambries, intervient Léonard, c'est Vilson.

– Jamais ! se récrie Solana. On ne va quand même pas se livrer à l'enfoiré qui a tué Lambert !

L'assemblée approuve la position ferme de Solana.

– Qu'est-ce que tu proposes, comme solution ? demande l'un des typographes à Léonard, qui a toujours été considéré comme le bras droit légitime de Lambert.

Sans hésiter, Léonard désigne Solana du doigt.

– Elle...

L'idée est accueillie par tous avec une grande surprise, à commencer par Solana elle-même.

– C'est grâce à elle, poursuit l'imprimeur, qu'on a raflé le marché du centre commercial face à Vilson. Lambert me l'avait dit récemment : il voulait lui donner davantage de responsabilités.

Solana dodeline de la tête.

– Non, impossible. Je ne saurai jamais faire ça.

Leonard pose une main paternelle sur son épaule.

– Je t'apprendrai ce que tu ne sais pas. Mais tu sais déjà beaucoup de choses.

Comme Solana se montre perplexe, Léonard en appelle à l'assistance.

– Qu'est-ce que vous en pensez, les gars ?

Les ouvriers se consultent du regard, le temps de réfléchir à la proposition inattendue de Léonard.

– Ça se tente… finit par dire l'un des typographes.

Ses collègues opinent du chef, de plus en plus convaincus que la solution proposée mérite d'être essayée.

– Passons au vote ! déclare Léonard. Qui est pour ?

L'une après l'autre, les mains se lèvent.

– Adjugé ! se réjouit Léonard. À l'unanimité !

Il attrape un verre et le remplit de vin. Les autres l'imitent et se tournent vers Solana.

– On continue l'aventure ! proclame Léonard, un large sourire illuminant son visage.

– On continue ! approuvent en chœur les ouvriers.

Ils choquent leurs verres contre celui de Solana, un peu étourdie par les responsabilités nouvelles qui viennent de lui être confiées.

Après avoir vidé des bouteilles de vin une bonne partie de l'après-midi, les typographes quittent un à un l'imprimerie en félicitant Solana. Restée seule, elle va s'enfermer dans le bureau pour organiser le travail auquel elle va devoir faire face dans les prochains jours.

Ce n'est qu'en début de soirée, après une journée longue et éprouvante, que Solana décide de rentrer chez elle. Alma, qui a tenu à préparer le dîner pour sa copine, l'y attend avec impatience.

Toutes deux s'installent autour de la table, joliment dressée par Alma. Solana lui raconte l'immense peine qu'elle a ressentie lors de l'enterrement de Lambert, puis la réunion impromptue avec les ouvriers, qui l'ont désignée comme l'héritière de Lambert. Mais soudain, ne parvenant plus à taire le secret qui la tourmente, elle interrompt son récit, se cache le visage dans ses mains et fond en larmes.

– Qu'est-ce qui se passe ? demande Alma en lui caressant affectueusement les cheveux.

– Il y a autre chose, sanglote Solana. Je crois que mon père était un menteur…

Sous les yeux effarés d'Alma, elle se lève et prend dans un tiroir de la commande la carte d'identité portant la photo de José. Alma le reconnaît aussitôt. Mais quand elle lit le nom de « Patrick Pourtis », elle est saisie d'effroi.

– Qu'est-ce que c'est que cette histoire ?

– Je n'y comprends plus rien… se désespère Solana. Je ne sais même plus comment je m'appelle : Alcantara, Pourtis…

– Où est-ce que tu as trouvé ça ?

– Elle était cachée dans la selle de sa moto. C'était pratiquement impossible de la retrouver.

Le regard perdu, les deux amies se dévisagent. Elles restent ainsi face à face, anéanties par une révélation que ni l'une ni l'autre n'est capable d'expliquer.

*

* *

À la reprise du procès au tribunal de Chambries, la salle d'audience est de nouveau comble. Escortées par de nombreux mineurs, Micheline, Alma et Solana prennent place au premier rang, juste derrière Me Duparcq.

Le président et ses deux assesseurs apparaissent sur l'estrade en robe noire. Une fois le silence établi dans le public, Mariano est appelé à la barre comme premier témoin. Il s'avance dans la travée centrale, plus impressionné à la perspective de témoigner devant un tribunal que s'il devait haranguer des centaines de camarades lors d'une assemblée générale.

Après que le témoin a décliné son état civil et prêté serment, le président commence l'interrogatoire.

– Monsieur Mariano, en tant que délégué syndical, je suppose que vous connaissez bien la plupart des mineurs. Mais aviez-vous des relations particulières avec les trois victimes de l'accident de la mine ?

– Je les connaissais, comme tous les autres. Pas plus, pas moins.

– Il me semble, continue le président, que vous êtes d'origine espagnole. M. José Alcantara lui aussi était né en Espagne…

– Non, il est né en France de parents espagnols. Il est venu s'installer à Chambries vers la fin de la guerre d'Algérie.

– Vos origines communes créaient-elles entre vous une complicité ? Se confiait-il à vous, par exemple ?

– Pas spécialement. On parlait surtout de son Ossa, une moto espagnole à laquelle il consacrait beaucoup de temps.

À l'évocation de la fausse Ossa, Solana se raidit. Alma échange avec elle un regard inquiet, que personne dans l'assistance ne remarque.

– D'après ce que vous savez, poursuit le président, M. Alcantara était-il lié aux deux hommes qui se trouvaient avec lui lors de l'accident ?

Mariano, à qui cette même question a déjà été posée avec insistance lors de l'instruction, ne peut contenir une certaine irritation.

– Je l'ai dit et répété : la réponse est non. Ils se croisaient à la mine, au bistrot, dans la rue… Rien de plus. Et je ne comprends pas, monsieur le président, pourquoi on s'acharne à nous faire dire que les trois victimes se connaissaient.

Le président, nullement troublé par la réaction ferme du témoin, incline le buste en avant, comme pour appuyer son propos.

– Parce que la cour dispose d'un témoignage déterminant qui le laisse supposer. Et qu'elle ne comprend pas pourquoi vous, monsieur Mariano, comme d'autres, prétendez le contraire avec tant d'obstination.

Des protestations s'élèvent dans la salle. Mariano, qui ignore d'où provient le mystérieux témoignage, reste coi. Gênées, Micheline, Solana et Alma baissent les yeux.

Le procureur demande alors la parole au président, qui la lui donne.

– Deux thèses s'affrontent dans cette affaire. Celle des parties civiles, qui considèrent que la responsabilité pénale des Houillères est engagée pour manquement aux règles de sécurité. L'autre thèse, soutenue par la défense et le ministère public, estime à l'inverse que les trois hommes se sont retrouvés dans la galerie pour une raison intentionnelle et qu'ils ont sciemment enfreint les règles de sécurité.

Plusieurs mineurs, heurtés par les accusations du procureur, donnent de la voix. Soucieux d'éviter les remous durant les audiences, le président interrompt le procureur.

– S'il vous plaît, ne tirons pas de conclusions aussi hâtives à ce stade du procès.

Puis il se tourne vers Mariano.

– Je vous remercie, vous pouvez regagner votre place.

Après le délégué syndical, vient le tour du directeur de la mine. Dans la salle, la tension monte brusquement d'un cran.

C'est Me Duparcq qui, se tenant debout à côté du témoin, se charge de l'interroger.

– En tant que directeur, vous avez la responsabilité de la sécurité des mineurs. Vous arrivait-il de descendre dans les galeries pour vérifier les installations ?

Micheline et Alma ont les yeux rivés sur le témoin. Perdue dans ses pensées, Solana semble se désintéresser des débats.

– Oui, répond le directeur, très mal à l'aise. Avec mes collaborateurs, nous vérifions systématiquement les éléments sensibles : la solidité des soutènements, l'aération des galeries...

– On imagine, demande Duparcq, que c'est le point le plus important ?

– En effet.

– Si le grisou s'est répandu dans les galeries, peut-on imaginer qu'il y ait eu un défaut dans le système d'aération, un défaut que personne n'aurait repéré avant l'explosion ?

– Dans une galerie en activité, non. Dans une partie de la mine désaffectée, c'est possible. Mais peu probable.

– Possible mais peu probable... répète Duparcq.

Il revient vers le banc de la défense et se saisit d'un plan de la mine qu'il présente à la cour.

– On constate sur ce plan que tous les boyaux communiquent entre eux. Un défaut d'aération dans un secteur promis à la destruction peut donc avoir des conséquences sur l'ensemble du périmètre.

– L'important, le coupe le directeur, c'est que les portes d'aérage soient fermées.

– L'étaient-elles réellement ?

– Je pense... bredouille le directeur, surpris par la question. Et devant toutes les portes d'aérage, il y a un panneau interdisant de les ouvrir.

– Pouvez-vous affirmer que les panneaux étaient tous en place ?

– Certainement…

Sentant le témoin vaciller sous les assauts de Duparcq, l'avocat des Houillères se lève d'un bond face à son confrère.

– Qu'est-ce qui vous permet d'insinuer que les normes de sécurité n'auraient pas été respectées dans la zone que les Houillères prévoyaient de fermer ?

– Rien… concède-t-il. Rien pour le moment… Mais il serait utile de s'en assurer auprès de M. Scipio, qui était présent sur place le jour de l'explosion.

Des commentaires acerbes à l'égard du porion se font entendre au fond de la salle, là où sont massés les mineurs. Le président consulte une feuille de papier posée devant lui.

– Il est prévu d'entendre M. Scipio tout à l'heure. Mais afin de calmer les esprits, je suspends l'audience. Nous reprendrons dans une heure.

Le président quitte son fauteuil et disparaît à l'arrière de l'estrade avec ses deux assesseurs. Tandis que la salle se vide, Duparcq rejoint Alma, restée assise sur son banc.

– J'ai besoin d'une liste précise de chaque point de sécurité qui doit être vérifié.

Alma fronce les sourcils.

– Vous avez une piste ?

– Pas encore… Mais l'embarras du directeur m'intrigue. J'ai l'intention de revenir sur le sujet plus tard.

Dans le hall du tribunal, Solana s'approche de Mariano qui, encore remué par son interrogatoire, tire avidement sur une cigarette.

– Je voudrais te poser une question, lui dit-elle. C'est à propos de mon père…

Le visage de Mariano se crispe.

– Tu te souviens où il a acheté son Ossa ?

Le délégué syndical expulse la fumée de sa cigarette.

– Ça date d'il y a tellement longtemps, d'avant ta naissance… Quand il est revenu avec, il nous a dit qu'il avait été la chercher en Espagne.

– Et ça ne t'a pas paru bizarre ?

– Pourquoi « bizarre » ?

Solana le fixe intensément.

– Parce que sa moto, c'est pas une Ossa. C'est une Yamaha.

Mariano ne semble aucunement surpris de l'apprendre. Du bout du pied, il écrase sa cigarette et, après un bref silence, se décide à parler.

– Il y avait pas mal de choses étranges chez ton père… L'Ossa, mais pas seulement. Il ne s'est jamais intégré au groupe des mineurs espagnols.

– Des choses étranges comment ? le presse Solana. Pourquoi ? Dis-moi !

– Je ne sais pas… On ne le trouvait pas très espagnol, c'est tout…

Solana accuse le coup. Il lui faut plusieurs secondes pour reprendre ses esprits et poser une dernière question à Mariano.

– Tu as connu un type qui s'appelait Patrick Pourtis ?

Comme elle le redoutait, il lui répond par la négative. Fortement ébranlée par sa conversation avec lui, Solana s'éloigne dans le hall telle une âme en peine.

À la reprise de l'audience, elle retrouve Alma, qui est déjà assise à sa place. L'une et l'autre remarquent que Didier, le fils du porion, a fait son apparition alors qu'il n'était pas présent auparavant.

En un rituel immuable, le président se présente sur l'estrade. Le public se lève, puis se rassied. À l'appel de son nom, le porion vient à la barre, sa casquette à la main. Le président l'invite à retracer dans le détail les événements survenus le jour de l'accident.

– En fait, raconte-t-il avec la précision de celui qui a préparé à l'avance son intervention, tout a commencé deux jours plus tôt... Quand je suis arrivé chez Micheline pour boire un coup, Henri Moriot, l'une des victimes, m'a demandé à se faire remplacer dans l'équipe de nuit. Comme l'un de ses camarades s'est tout de suite proposé pour prendre sa place, j'ai accepté. C'est donc à sa demande qu'il s'est retrouvé, le jour de l'accident, dans la même équipe que les deux autres. Logiquement, j'ai pensé qu'ils avaient manigancé un truc...

Sentant le danger que représente un témoignage aussi troublant, Duparcq jaillit de son banc et tonne.

– Quel « truc », comme vous dites, les trois victimes auraient-elles pu manigancer ?

Surpris par la véhémence de l'avocat, le porion perd subitement en assurance.

– J'en sais rien, moi...

Duparcq pivote vers la cour, les bras en l'air.

– C'est pourtant toute la question de ce procès ! Depuis le début, les Houillères s'ingénient à démontrer que les trois victimes sont descendues dans la fosse 6 pour y commettre je ne sais quel forfait. Mais personne n'est capable d'expliquer de quel forfait il s'agit. De même que personne ne peut identifier le mobile qui aurait poussé ces trois hommes à cacher à leurs proches une ancienne et secrète relation, laquelle aurait trouvé son aboutissement dans une promenade mortelle au milieu du grisou !

Un frisson parcourt la salle. Les mineurs hochent la tête en signe d'approbation. De leur côté, Alma et Solana échangent à nouveau un regard lourd de sens.

Duparcq, emporté par son élan, achève son envolée sur un ton théâtral.

– Pour la mémoire de ces hommes et le respect de leurs familles, je demande un minimum de décence et de dignité !

Galvanisé par l'éloquence de l'avocat, Mariano se lève de son banc et applaudit à tout rompre. Les autres mineurs font de même. Dans l'espoir de ramener le calme, le président brandit son maillet, qu'il abat à plusieurs reprises sur le socle en bois. Mais, plutôt que de faiblir, les applaudissements redoublent d'intensité.

Incapable de faire taire les mineurs, le président décide aussitôt une suspension d'audience.

Profitant du brouhaha, Solana quitte la salle du tribunal sans un mot d'explication.

De retour du tribunal en fin de journée, Alma rejoint Solana dans sa maison. Elle découvre sa copine assise à la table du salon, buvant au goulot une bouteille de vin déjà bien entamée.

Le regard absent, Solana observe avec une loupe les deux cartes d'identité de son père, l'une au nom de José Alcantara, l'autre au nom de Patrick Pourtis.

– Pourquoi tu es partie comme ça après la suspension d'audience ? lui demande Alma, un peu fâchée.

Solana repose les cartes d'identité sur la table et, les yeux embués, expulse un long soupir.

– C'est à cause de ce qu'a raconté le porion, dit-elle d'une voix lasse. J'essaie de comprendre ce qui se passe, mais je suis toujours dans le brouillard.

Alma, consciente comme sa copine que les mystères s'accumulent dangereusement autour de leurs pères, ôte son manteau, s'assied à table et se sert un grand verre de vin.

– Tu as raison… Il y a de plus en plus de choses qui clochent dans cette histoire. L'Ossa de ton père, sa carte d'identité… Les coups de fils reçus par le mien juste avant l'accident... Et maintenant, on apprend par le porion que le père de Caro a demandé au dernier moment à changer d'équipe... C'est incompréhensible.

– Peut-être que les coups de fil chez toi, c'était mon père... ou celui de Caro.

– Ça voudrait dire, réfléchit Alma à voix haute, qu'on aurait tout faux depuis le début. Qu'ils se connaissaient, en fait.

– Mais pourquoi ils ne nous l'auraient pas dit ? se lamente Solana. Et pourquoi mon père a menti sur son vrai nom ? Tout à l'heure, Mariano m'a même avoué que les Espagnols de Chambries se méfiaient de lui.

Ne tenant plus en place, elle va déboucher une autre bouteille de vin. Pendant ce temps, Alma déplie devant elle les deux cartes d'identité abandonnées sur la table.

– Comment s'est déroulée la fin de l'audience ? demande Solana en versant le vin dans les verres.

– Mal pour nous. Duparcq pense que les Houillères ont marqué des points avec le témoignage du porion. Heureusement que les audiences ne reprennent qu'après le week-end.

Sur la carte d'identité au nom de José Alcantara, un détail troublant attire l'attention d'Alma. Elle se saisit du document et l'examine sous toutes les coutures.

– Et le pire est à venir, renchérit Solana sans prêter attention au geste d'Alma. Dès que le témoignage de Caro va sortir, on va en prendre plein la gueule. Ça me donne encore plus envie de picoler...

– Demain, lui dit Alma, les yeux toujours rivés sur la carte d'identité, je vais passer la journée chez Duparcq à Lille. Il m'a demandé d'éplucher toutes les données sur la sécurité dans la mine. Il faudrait que tu viennes aussi pour qu'on prépare notre témoignage de lundi.

– D'accord.

De plus en plus intriguée par la carte d'identité, Alma attrape discrètement la loupe posée sur la table et la place juste au-dessus du tampon apposé sur la photo de José. À sa grande stupéfaction, ce qu'elle a cru voir à l'œil nu se confirme : le « e » de « République française » ne comporte pas d'accent, comme sur le tampon qu'avaient utilisé Lambert et Léonard pour fabriquer les faux papiers de Rodolphe.

– Tu préfères quoi, lui demande de but en blanc sa copine tout en vidant son verre de vin : Solana Alcantara ou Solana Pourtis ?

Abasourdie par la découverte qu'elle vient de faire, Alma reste sans voix. Mais pour ne pas alarmer Solana avant d'avoir questionné Léonard, elle repose la carte d'identité et la loupe sur la table puis, d'un trait, vide à son tour son verre de vin.

– Je préfère le premier, parvient-elle à articuler. Solana, ça va avec Alcantara, pas avec Pourtis. C'est ton nom, ça : Solana Alcantara.

Heureuse de cette réponse, Solana se penche vers sa copine, passe son bras autour de son cou et l'embrasse longuement sur la joue. Mais le geste de tendresse ne parvient pas à réjouir Alma, dont le visage est maintenant livide.

Le lendemain, dans le bureau enfumé de Me Duparcq à Lille, Alma se débat au milieu des innombrables documents qu'elle a réunis concernant les normes de sécurité dans les mines. Elle tend un croquis à l'avocat qui, en bras de chemise et cigarette aux lèvres, tente de déchiffrer une note technique incompréhensible.

– Regardez là, lui dit-elle, c'est plus clair. Il faut que les portes d'aérage fonctionnent et qu'aucun obstacle n'obstrue les conduits de ventilation. En principe, les contrôles doivent y veiller.

– Avez-vous les rapports de ces contrôles ? Quelque chose qui prouve que tout a été fait dans les règles ?

– J'en ai vérifié une partie. Pour l'instant, tout est normal.

Découragé, Duparcq se prend la tête entre les mains.

– S'il n'y a aucune anomalie de ce côté-là, je ne sais pas comment je vais m'en sortir lundi. D'autant qu'on va entendre le témoignage à charge de Caroline. Et pour réussir à le contrer, j'avoue que je manque de biscuits...

La sonnette du cabinet retentit. Alma se lève pour aller ouvrir la porte. Quelques instants plus tard, Solana, encore marquée par sa cuite de la veille, entre dans le bureau, serre la main de Duparcq et s'affale lourdement dans un fauteuil.

– Demain, l'entreprend tout de suite l'avocat, vous allez témoigner devant la cour. Alma et sa mère également, ainsi que Micheline, la mère de votre amie.

– Ex-amie... rectifie Solana.

– Il faudrait, poursuit Duparcq, que je les voie toutes les deux avant pour préparer leur audition.

De dépit, Alma lève les yeux au ciel.

– Laissez ma mère de côté. Comme elle vit avec Vilson, elle défendra le point de vue des Houillères.

– Contre sa propre fille ? s'étonne l'avocat.

– Elle manque parfois de courage…

– Bon, quoi qu'il en soit, embraye Duparcq, notre problème principal, c'est Caroline. D'après ce que m'a dit le président, sa présence ne sera pas requise devant la cour. Il se contentera de lire son témoignage.

– Il est dégueulasse, son témoignage, maugrée Solana.

– C'est exactement ce que vous devrez dire à l'audience, approuve Duparcq. Mais en d'autres termes, si possible…

– Le témoignage de Caroline sera lu à quel moment ? interroge Alma.

Il écarte les bras pour signifier son ignorance.

– Si le président est de notre côté, il le lira avant de vous appeler à la barre, ce qui vous laissera la possibilité de contester les allégations de Caroline. Dans le cas contraire, j'interviendrai auprès du président pour que vous soyez de nouveau entendues.

– Qu'est-ce qu'on doit dire ? lui demande Solana.

– Vous vous en tenez à une seule et même version : vos pères ne se connaissaient pas. Ils n'ont jamais dîné ensemble, ils ne sont jamais venus chez vous, ils ne se parlaient pas.

– Et si c'était faux ? lance Solana par bravade.

Duparcq la considère avec effarement.

– C'est maintenant que vous m'annoncez ça ?

– Ce qu'elle veut dire, intervient précipitamment Alma en foudroyant Solana du regard, c'est que, si le président considère qu'on ment, qu'est-ce qu'on fait ?

– Il faudra coûte que coûte lui tenir tête. Mais ce sera très dur : le témoignage de Caroline est accablant. Je ne comprends toujours pas pourquoi elle a fait ça.

Tous trois, redoutant d'avance l'audience de lundi, restent un long moment pensifs. Jusqu'à ce qu'Alma, qui se tenait dans son coin, change de visage pour afficher une moue résolue.

– Il n'y a plus qu'une solution ! déclare-t-elle à l'adresse de sa copine.

Solana, qui a tout de suite compris l'idée qui venait de germer dans l'esprit d'Alma, sort immédiatement de sa torpeur.

– T'as raison, on y va !

Toutes deux se lèvent en même temps, enfilent rapidement leur manteau, saluent Duparcq, qui en reste médusé, et se précipitent vers la sortie du cabinet.

Alma et Solana surgissent en courant de la station de métro Barbès-Rochechouart à Paris et remontent le boulevard en direction du magasin Tati. Elles se fraient difficilement un chemin au milieu de la foule du week-end jusqu'au rayon enfants.

Ne voyant pas Caroline, Solana aborde la responsable du rayon, qu'elle avait déjà vue lors de leur première visite.

– On cherche Mlle Moriot. C'est son jour de congé ?

– Congé définitif, oui ! répond la dame d'un ton pincé. Elle a été renvoyée la semaine dernière.

– Vous savez où on peut la trouver ?

– Chez elle, je suppose, en train de batifoler avec son amoureux. C'est à cause de lui qu'elle a été renvoyée. Il passait ses journées dans le magasin et, du coup, elle n'en fichait pas une !

Alma et Solana, qui ignoraient que Caroline avait un nouveau petit copain, se regardent d'un air incrédule. Elles quittent le magasin et prennent la direction de l'immeuble où loge leur amie. Parvenues au dernier étage, elles frappent à la porte d'une des chambres de bonne. Mais personne ne répond. Comme l'après-midi est déjà bien avancé, elles décident de s'asseoir sur le palier en espérant que Caroline ne tardera pas à rentrer.

C'est seulement en fin de soirée, alors qu'elles se sont assoupies depuis longtemps, qu'elles entendent des bruits provenant de la cage d'escalier. Elles reconnaissent la voix de Caroline, qui semble avoir bu plus que de raison.

– J'aime bien le gin, marmonne-t-elle, mais j'aime pas le gin-fizz. Tu peux m'expliquer pourquoi ?

– Parce que fizz, répond une voix d'homme, ça sonne pas beau. Fiiiiiiiiiz.

Alma et Solana se lèvent en se frottant les yeux et passent la tête au-dessus de la rambarde. Au bout d'un moment, elles voient une Caroline chancelante et décoiffée déboucher sur le palier. Le garçon qui l'accompagne n'est autre que Didier. De part et d'autre, la stupeur est totale.

– Tiens, v'là les mégères ! s'exclame-t-il.

Caroline titube jusqu'à elles.

– Mes anciennes copines ! Que me vaut cet honneur ?

Alma et Solana observent avec dégoût le couple improbable qu'ils ont reformé.

– Tu me fais honte ! s'indigne Alma.

Caroline essaie de glisser sa clé dans la serrure. Alma se poste derrière elle.

– Lundi, ton témoignage sera lu au procès. Ce sera la honte pour ta mère et pour nos pères. Ça ne te dérange pas ?

– Ce qui me dérange, ânonne Caroline en retour, c'est que vous soyez là…

Incapable d'ouvrir sa porte, Caroline pivote brusquement et défie Solana.

– Tu ne te souviens pas que c'est toi qui m'as foutue dans la merde avec le bac ! Alors ne compte pas sur moi pour t'aider à te sortir de ton trou. Chambries, c'est un trou, et j'y retournerai jamais !

– La mémoire de ton père, la coupe Alma, tu t'en balances ?

– Comme de l'an 40 ! Le souvenir de mon père, il est dans ma tête. C'est là qu'il est le plus beau, et je le garde pour moi toute seule ! Allez, *bye bye* !

Didier prend la clé des mains de Caroline et parvient à déverrouiller la serrure.

– Salut les pétasses ! lâche-t-il en ouvrant la porte. À un de ces jours !

Caroline disparaît dans la chambre sans un regard en arrière. Avant de claquer la porte,

Didier s'autorise une dernière pique contre Solana.

– Au lieu de donner des leçons à tout le monde, occupe-toi de ton père !

– Mon père n'a rien à voir là-dedans ! Laisse-le où il est !

– T'as raison ! rétorque Didier. Il est parti avec son secret...

Il claque violemment la porte au nez de Solana, la laissant décontenancée et meurtrie. De rage, elle frappe contre le chambranle.

– Quel secret ?

Elle frappe encore plus fort.

– Quel secret ? hurle-t-elle. Tu vas me le dire ! Quel secret ?

Réveillés par le tapage, des voisins sortent de chez eux et exigent fermement le retour au calme. Pour s'épargner d'autres disputes, Alma attrape Solana par la taille et l'entraîne dans l'escalier.

*

* *

Lors de la reprise des débats le lundi matin, les nerfs sont à vif dans la salle du tribunal de Chambries, pleine à craquer. Du haut de son estrade, le président annonce que la cour entendra d'abord Solana, puis Alma. Contrairement à ce qu'espérait Me Duparcq, la lecture du témoignage de Caroline interviendra plus tard.

Convoquées l'une après l'autre à la barre, les deux amies sont soumises au supplice de l'interrogatoire. Quand le président en a terminé avec chacune d'elles, c'est l'avocat des Houillères et le procureur qui prennent le relais, sur un ton de plus en plus agressif. À chaque fois, la même question revient avec insistance : les victimes de l'explosion de la mine se connaissaient-elles ? Mais comme les réponses de Solana et Alma sont invariablement négatives, on leur demande d'expliquer pourquoi les trois hommes se sont retrouvés ensemble dans un endroit où ils n'avaient aucune raison d'aller.

Malgré la fatigue et les doutes, les deux jeunes filles réussissent à tenir bon. Aux soupçons de connivence entre les pères, elles opposent une autre question, à laquelle la défense est incapable de répondre : pour quel motif les mineurs se seraient-ils rendus intentionnellement dans une galerie dangereuse ? À plusieurs reprises, Duparcq doit intervenir pour dénoncer les « spéculations », voire les « élucubrations », de l'avocat des Houillères.

Quand vient le tour de Valérie, un frisson d'inquiétude parcourt l'assistance, composée pour l'essentiel de mineurs. Mais elle aussi, comme sa fille et malgré les perfidies du procureur, martèle la même version des faits : non, les trois victimes n'entretenaient entre elles aucune relation particulière.

Voyant que, malgré des effets de manche à répétition, l'audience tourne en rond, le président remercie Valérie et l'invite à regagner sa place.

– Le moment est donc venu, déclare-t-il non sans une certaine solennité, de vous lire un témoignage capital. C'est en effet sur son fondement que reposent les accusations de collusion entre les trois victimes. Il s'agit du témoignage qu'a livré mademoiselle Caroline Moriot, fille d'Henri Moriot, lors de l'instruction. Pour éviter tout risque de pression, j'ai considéré qu'il était préférable de la dispenser de comparaître devant la cour.

L'annonce surprise du président est accueillie dans la salle par un silence incrédule. Alma et Solana échangent avec Micheline des regards anxieux.

– Je lis sa déposition, reprend le président après avoir chaussé ses lunettes : « *Contrairement à ce qui a été dit ici ou là, mon père connaissait très bien le père de Solana et celui d'Alma.* »

C'est la stupeur dans la salle. Les mineurs grondent. Micheline est submergée par la honte.

– Silence ! tonne le président. Ou je fais évacuer la salle ! Laissez-moi continuer : « *Ils ne se recevaient pas chez eux, mais je les ai souvent vus discuter ensemble, surtout juste avant l'accident. J'ai eu l'impression qu'ils organisaient quelque chose, sans que je puisse dire quoi exactement.* »

Dans le camp des mineurs, la stupeur cède la place à la colère. Furieuse, Solana se penche vers Alma.

– Pourquoi tu ne m'avais pas dit que son témoignage était aussi pourri ? Je vais la tuer, Caro !

– Moi aussi... marmonne Alma, les mâchoires serrées.

– « *Je crois en conscience,* termine le président en haussant la voix, *qu'ils se sont concertés pour descendre ensemble dans la mine et qu'ils ont été victimes d'un accident dû à leur imprudence.* »

Micheline est en larmes. Des interpellations injurieuses à l'adresse de Caroline jaillissent du public. Blanc de colère, Mariano se lève, le poing dressé.

– C'est un déshonneur pour les mineurs ! lance-t-il au-dessus du brouhaha. C'est pire qu'une trahison !

– Silence ! ordonne le président en frappant vigoureusement avec son maillet.

C'est alors qu'au fond de la salle la porte du tribunal s'ouvre. Caroline, le teint blême, se glisse à l'intérieur et marche à pas lents dans la travée centrale. À mesure qu'elle avance vers l'estrade, les mineurs la reconnaissent. Un lourd silence tombe peu à peu dans les rangs. Tous les regards convergent vers la traîtresse, qui se présente timidement face au président.

– Je m'appelle Caroline Moriot, déclare-t-elle dans un souffle. C'est moi qui ai fait le témoignage que vous venez de lire. Je souhaiterais être entendue par la cour.

Après un moment de flottement, le président consulte du regard ses assesseurs, le procureur et les avocats. L'un après l'autre, d'un signe de tête, ils lui donnent leur accord. Curieux d'entendre Caroline, le président lui demande de s'approcher de la barre et de prêter serment.

– Nous vous écoutons, mademoiselle, dit-il ensuite d'un ton courtois. Confirmez-vous les termes de votre témoignage selon lesquels les trois victimes se connaissaient ?

– Non… murmure-t-elle avec gravité. J'ai fait ce témoignage parce que ma mère a été victime d'un chantage.

Le public est abasourdi par cette déclaration inattendue. L'avocat des Houillères se crispe sur sa chaise.

– Le directeur de la mine, poursuit Caroline, a exigé de ma mère qu'elle fasse le témoignage. Mais c'est moi qui l'ai fait à sa place.

Caroline se tourne vers Micheline, dont les traits tirés trahissent le trouble extrême qui l'envahit.

– Pardonne-moi, maman…

Sentant que le procès est en train de connaître son moment de vérité, le président la rappelle sèchement à l'ordre.

– Continuez, je vous prie !

Caroline rassemble ses forces avant de reprendre la parole.

– La direction des Houillères a menacé ma mère de fermer son café si elle ne témoignait pas dans le sens voulu.

– Votre mère a-t-elle refusé ?

– Oui. Mais moi, j'ai accepté… Pour l'aider…

Passé le moment de sidération, la grogne reprend dans les rangs des mineurs. Des insultes fusent en direction de l'avocat des Houillères.

– Vous reconnaissez donc avoir livré un faux témoignage ? tient à clarifier le président.

– Obtenu sous la pression, précise Caroline.

Mariano en tête, les mineurs se lèvent et l'applaudissent à tout rompre. Si elles n'étaient pas dans une salle d'audience, Alma et Solana se précipiteraient vers Caroline pour la serrer dans leurs bras.

Le président, qui peine à contenir le tumulte, demande au procureur et à l'avocat des Houillères s'ils ont des questions à poser au témoin. Sous le choc des révélations qui viennent d'être faites, ils préfèrent y renoncer pour le moment. Me Duparcq, en revanche, ne se prive pas d'intervenir avec maestria.

– Depuis le début de ce procès, nous n'avons cessé d'entendre d'odieuses insinuations au sujet des trois malheureuses victimes. On a voulu répandre le poison de la calomnie dans le prétoire. Et qu'apprend-on aujourd'hui ? Que toutes ces spéculations nauséabondes reposaient sur un témoignage extorqué par les Houillères au moyen d'une intimidation. C'est abject, scandaleux ! En conséquence, je demande l'inculpation du directeur de la mine pour chantage et recel de faux témoignage, ainsi qu'une peine exemplaire pour les Houillères.

La plaidoirie est accueillie par une salve d'applaudissements.

– L'audience est suspendue jusqu'à demain ! s'exclame à plusieurs reprises le président avant de quitter l'estrade en compagnie de ses assesseurs.

Émue aux larmes, Micheline tombe dans les bras de sa fille. Elles sont rejointes par Alma et Solana. De son côté, l'avocat des Houillères quitte piteusement le tribunal sous les huées de l'assistance. En quelques minutes d'un témoignage décisif, Caroline est parvenue à inverser le cours du procès.

Profitant de l'effervescence joyeuse qui règne à l'extérieur de la salle d'audience, Alma s'écarte discrètement du groupe des mineurs et prend le chemin de la sortie.

À quelques rues du palais de justice, Alma se hâte vers l'imprimerie de Lambert, où les rotatives débitent des piles de prospectus. L'un des typographes lui indique que Léonard se trouve dans le bureau, occupé à des tâches administratives.

– Vous me reconnaissez ? lui demande-t-elle en ouvrant brusquement la porte. Je suis l'amie de Solana.

– Oui, bien sûr ! se réjouit Léonard. On ne s'est pas vus souvent, mais j'ai encore bon pied bon œil.

Alma s'avance vers lui en fouillant dans son sac à main.

– Je voudrais vous montrer quelque chose.

Elle sort de son sac la carte d'identité du père de Solana au nom de José Alcantara et la tend à Léonard. À peine l'a-t-il examiné de près qu'un rictus d'appréhension se forme sur son visage.

– C'est un faux, affirme Alma.

Léonard lui rend la carte, comme s'il voulait se débarrasser au plus vite d'un document compromettant.

– Qu'est-ce que vous voulez que j'y fasse ? tente-t-il d'éluder.

– Cette carte a été fabriquée ici. Montrez-moi le tampon avec lequel vous avez fait les faux papiers pour mon ami déserteur.

Très troublé par la situation délicate dans laquelle Alma le place, Léonard se gratte l'oreille, puis la tête. Après avoir longuement réfléchi et hésité, il se résoud à ouvrir une armoire métallique dont les portes sont solidement cadenassées. Dans une boîte en fer, elle-même protégée par un cadenas, il s'empare du tampon qui avait été apposé sur la carte d'identité de Rodolphe. Alma désigne de l'index un point précis sur le caoutchouc noir.

– Là, lui montre-t-elle, il n'y a pas d'accent sur le « e » de République française. Il n'y en pas non plus sur la carte d'identité de José Alcantara.

Léonard baisse la tête en soupirant.

– C'est une histoire qui ne m'appartient pas. Une très vieille histoire...

– Je voudrais la connaître.

Léonard relève la tête et dévisage Alma. Puis, comme à regret, il avance la main vers la boîte en fer. Mais au dernier moment, il se ravise.

– Jurez-moi de ne jamais rien dire à la petite.

– Je ne jure pas, mais je promets, répond Alma, reprenant une formule qu'elle a entendue dans la bouche de Solana.

Léonard plonge la main dans la boîte et en sort une vieille coupure de journal qu'il tend à Alma.

– Si vous lui montrez ça, la petite ne s'en remettra pas. Déjà qu'elle a quasiment plus de mère...

Alma s'empare de la coupure de presse, qu'elle déplie soigneusement. Quand elle découvre le titre et la photo qui l'accompagne, elle écarquille les yeux.

– Non, c'est pas possible… bredouille-t-elle en portant la main à la bouche.

Incapable de prononcer un mot, elle sort hébétée du bureau, puis de l'imprimerie, abandonnant Léonard derrière elle. Une fois dans la rue, son premier réflexe est de se diriger vers les hauteurs de Chambries, là où habite sa mère.

Quand elle entre dans la cour pavée de la maison de Vilson, elle aperçoit Valérie, tout juste revenue du palais de justice. Refusant d'entrer dans la maison, Alma frappe au carreau et lui fait signe de la rejoindre.

Dès que Valérie, étonnée par cette visite impromptue, apparaît face à elle, Alma lui tend la coupure de presse que lui a confiée Léonard. Le journal qu'elle a sous les yeux a été publié en Algérie en 1955. Un gros titre barre la première page : *« Le caporal Pourtis, en fuite avec deux complices, recherché pour l'attaque de la bijouterie Khadra. »* En dessous, une photo montre un jeune soldat en uniforme de l'armée française : José Alcantara.

Loin d'exprimer la surprise, le visage de Valérie se fige.

– Tu savais ? demande Alma, stupéfaite.

– Oui, soupire-t-elle, n'ayant pas le courage de dissimuler à sa fille un lourd secret enfoui en elle depuis tant d'années.

– Les deux complices du cambriolage, c'était papa et le père de Caroline ?

– Oui…

Alma accuse durement le coup. Elle a des sanglots dans la voix.

– Le plus horrible, c'est de me dire que mon père était un voleur…

D'un geste maternel plein de tendresse, Valérie lui prend la main et la conduit au fond de la cour, à l'écart de la maison.

– Il a été entraîné. Il ne voulait pas. Il l'a regretté toute sa vie. Il n'en dormait pas.

– Tu le connaissais à l'époque ?

– Juste après. Quand il est rentré d'Algérie. Un an avant ta naissance… Avec le père de Caroline, ils ont ramené José ici.

– Patrick, rectifie Alma.

– Patrick, si tu préfères, concède Valérie. Lui, il avait été repéré, mais pas les deux autres. Ils sont revenus ensemble avec les diamants de la bijouterie et les ont cachés dans la mine. Pour brouiller les pistes, le père de Solana s'est fabriqué une nouvelle identité et des origines espagnoles.

– Ce sont les diamants qu'ils sont allés récupérer tous les trois ?

– Oui. Ils ne l'ont pas fait avant parce qu'ils pensaient que les bijoux étaient numérotés ou des trucs comme ça... De toute façon, ton père ne voulait pas y toucher. Ça lui pesait sur la conscience.

– Il est quand même descendu les chercher.

– Parce que la fosse 6 allait fermer.

– S'il les avait laissés en bas, ça lui aurait sauvé la vie.

Alma ne peut retenir ses larmes, qui coulent abondamment sur ses joues.

– Micheline sait ? demande-t-elle.

– Non, à part moi, personne ne sait.

Elle fixe intensément sa mère.

– Alors, personne ne saura. Tu es d'accord, maman ?

Valérie prend sa fille dans ses bras.

– Oui, ma chérie, répond-elle, bouleversée par son chagrin. Personne ne saura.

Alma se serre contre sa mère. Elle n'avait plus connu pareille étreinte depuis la séparation de ses parents.

*

* *

C'est la fête des grands jours au Chez Micheline. Les mineurs, qui s'entassent bruyamment dans la salle, trinquent à la santé de Caroline et de sa mère. Mariano prononce un discours émouvant sur la solidarité retrouvée à Chambries puis présente ses excuses à Micheline, injustement soupçonnée d'avoir trahi les siens.

Caroline rejoint Solana près de la porte d'entrée. Au passage, Micheline, rayonnante de bonheur, lui plaque un baiser sur la joue.

– Heureusement que vous êtes venues me chercher à Paris, dit Caroline à sa copine. Je crois que, sinon, je n'aurais rien compris et on aurait perdu le procès.

– On l'a pas encore gagné, tempère Solana. On n'a pas prouvé la moindre faute des Houillères sur la sécurité.

À cet instant, Alma pousse la porte du bistrot. S'efforçant de cacher son désarroi, elle embrasse ses deux copines.

– Tu étais où ? s'étonne Caroline.

– Avec ma mère…

– Maintenant qu'on est réunies, déclare Caroline un large sourire aux lèvres, je voudrais vous montrer un truc.

Elle attrape ses deux copines par la main et les entraîne vers l'escalier qui mène à l'étage.

Dès que les filles sont enfermées dans sa chambre, Caroline installe sur la commode le projecteur de son père.

– C'est le film qu'il a tourné dans le café pendant notre défilé de mode, annonce-t-elle.

Solana et Alma, toujours très troublées par ce qu'elles ont appris au sujet de leurs pères, s'allongent sur le lit pendant que Caroline charge la bobine super-8.

– Au fait, lui demande Solana, qu'est-ce que tu as fait de Didier ?

– Laisse-le où il est, va ! L'important, c'est que je sois revenue à Chambries.

Solana tourne la tête vers Alma.

– Et ton Rodolphe ?

– Je lui ai écrit deux ou trois fois en Allemagne, dit-elle d'une voix éteinte, mais il ne m'a jamais répondu. Je crois que c'est une histoire finie.

– Ça te rend triste ?

– Un peu, oui. Mais on n'arrivait pas à s'entendre. Il y avait trop de différences de milieu entre nous.

– C'est bon, les filles ! lance Caroline quand elle a terminé ses préparatifs.

Elle tire les rideaux pour faire le noir dans la chambre, puis allume le projecteur. Sur le mur faisant office d'écran, défilent les images tournées par Henri dix-huit mois auparavant. On y voit Caroline et Solana, resplendissantes et gaies, défiler sur les tables du bistrot en tenues colorées. Parvenues au bout du podium, elles mettent les mains sur les hanches et pivotent avec grâce pour repartir en sens inverse.

Plongées dans le noir, les trois copines sont fascinées par le spectacle de leur propre insouciance d'alors. Elles songent avec mélancolie à cette époque heureuse mais révolue qui a précédé la disparition tragique de leurs pères.

Les images du défilé s'interrompent brusquement sur un gros plan de Caroline et Solana. Sans transition, d'autres images apparaissent sur l'écran. Elles montrent une galerie de la mine, à peine éclairée par une lampe frontale de mineur.

– Ton père emmenait sa caméra en bas ? demande Solana.

– Oui, parfois…

La caméra s'arrête sur un chariot rempli de charbon, puis sur une caisse d'explosifs et des pioches suspendues. Soudain, on aperçoit une porte d'aérage en arrière-plan. Il n'y aucun doute possible : elle est ouverte.

Solana sursaute.

– Elles datent de quand, ces images ?

– Juste après le défilé, lui répond Caroline qui laisse le film se poursuivre.

Solana bondit hors du lit.

– Reviens en arrière !

Quoique surprise, Caroline rembobine la pellicule, puis relance le projecteur. Solana s'approche de l'écran en plissant les yeux. Ce qu'elle avait remarqué au premier visionnage se confirme : la porte d'aérage est ouverte.

Solana se précipite vers Alma, toujours couchée sur le lit, et la secoue vigoureusement.

– Vite, s'exclame-t-elle, il faut aller montrer le film à Duparcq ! On a la preuve qu'on cherchait !

Solana retire la bobine du projecteur et court vers l'escalier pour redescendre dans le bistrot. Les deux autres, encore ébranlées par le film qu'elles regardaient, la suivent mollement sans bien comprendre ce qui justifie une telle précipitation.

*

* *

Pour la dernière journée d'audience, une partie du public, composé de nombreux journalistes de la presse régionale, n'a pu pénétrer dans la salle du tribunal. Des dizaines de mineurs, venus pour la plupart en bleu de travail, sont contraints de patienter dans le grand hall du palais de justice ou sur les marches à l'extérieur.

Comme à leur habitude, Micheline, Alma et Solana sont assises au premier rang, où Caroline les a rejointes. Au pied de l'estrade, un projecteur a été installé et un écran tendu face à la cour.

L'audience s'ouvre dans une ambiance électrique. À la demande de Me Duparcq, le directeur de la mine est aussitôt convoqué à la barre. Le visage crispé, l'homme se lève et s'avance dans la travée centrale.

– Lors de votre témoignage ici même, l'entreprend sans ménagement Duparcq, vous avez déclaré ceci, je vous cite : *« Pour que la sécurité des galeries soit assurée, les portes d'aérage doivent être fermées et surmontées d'un panneau interdisant de les ouvrir »*. Est-ce exact ?

– Oui… bredouille le directeur de la mine, très inquiet sur la suite de son interrogatoire.

– Vous confirmez ? insiste l'avocat.

– Je confirme…

Duparcq se tourne vers l'estrade.

– Pouvons-nous regarder le film, monsieur le président ?

D'un geste de la main, le président ordonne à l'huissier d'éteindre la lumière et d'actionner le projecteur. Sur l'écran, apparaissent les images tournées par le père de Caroline au fond de la mine.

– Stop ! s'exclame Duparcq au moment où apparaît la porte d'aérage.

Dans la salle, le public constate avec stupéfaction qu'elle n'est pas fermée. Avec l'accord du président, l'avocat propose à Mariano de venir témoigner à la barre.

– Expliquez-nous ces images, lui demande-t-il en désignant l'écran.

Mariano tend le bras.

– Ici, on est dans le boyau où a eu lieu le coup de grisou. C'est Henri qui filme avec sa caméra, en utilisant sa lampe comme source lumineuse. Là, au fond, vous avez une porte d'aérage.

– Est-elle surmontée d'un panneau qui interdit de l'ouvrir ? l'interroge Duparcq, connaissant d'avance la réponse.

– Non, il n'y en a pas…

– Et la porte est ouverte ! enchaîne-t-il d'une voix de stentor. Grande ouverte ! La voilà la cause, l'unique cause de l'explosion ! Nous en avons la démonstration accablante sous les yeux ! Qui oserait encore prétendre que les règles de sécurité ont été respectées !

À la demande du président, l'huissier rallume la lumière de la salle. Les mineurs, abasourdis par la preuve irréfutable qui vient d'être présentée à la cour, se dévisagent en silence. Vaincus par la force de l'évidence, l'avocat des Houillères et le procureur se tortillent sur leur chaise, renonçant à prendre la parole.

Duparcq fixe le directeur de la mine avec colère.

– Nous plaiderons contre vous, monsieur, non seulement pour chantage et recel de faux témoignage mais également pour homicide involontaire !

Enflammée par la harangue de l'avocat, la salle se lève et applaudit bruyamment. Caroline, Micheline et Solana tombent dans les bras l'une de l'autre. Seule Alma, quoique soulagée par l'issue inespérée du procès, reste à l'écart.

Quand le président annonce que l'audience est suspendue jusqu'aux plaidoiries finales prévues dans l'après-midi, les mineurs en liesse se regroupent à l'extérieur du palais de justice. On s'embrasse avec effusion, on se félicite que la vérité sur le coup de grisou ait enfin été révélée au grand jour.

Caroline s'avance vers Solana et Alma, horriblement mal à l'aise dans cette atmosphère d'exaltation collective.

– On va annoncer la bonne nouvelle à nos pères ? propose Caroline.

Si Solana accepte avec joie, Alma y consent avec réticence. Main dans la main, elles quittent le groupe des mineurs et prennent la direction du cimetière de Chambries.

Après avoir remonté l'allée centrale, elles parviennent aux trois tombes. Dans un silence recueilli, chacune se place face à la sépulture de son père.

Caroline fait un pas en avant et s'exprime la première.

– Papa, tu as peut-être mal joué le jour de l'accident, mais grâce à ta caméra on va gagner le procès contre les Houillères. Justice vous sera rendue.

Elle lui envoie un baiser de la main puis se tourne vers Solana, qui s'avance à son tour vers la tombe de son père.

– Papa chéri, je te promets que je ferai un musée à la gloire de l'Espagne à la maison.

Respectueuse du rituel improvisé par Caroline, elle se tourne vers Alma pour l'inviter à prendre la parole. Mais aucun mot ne parvient à sortir de sa bouche. Alma reste tétanisée par le poids d'un détestable secret, qu'elle s'est promis de ne jamais révéler à ses copines. De désespoir et de solitude, elle se jette sur la tombe de son père.

– Papa... Papa... éclate-t-elle en sanglots. Pourquoi...

Caroline et Solana, émues par l'indicible souffrance de leur amie, s'agenouillent dans un même élan à côté d'elle et la serrent dans leurs bras. Unies par un même destin tragique, elles restent ainsi prostrées sur les tombes un long moment.

Quand, au bout de leur chagrin, les trois amies trouvent la force de se relever, elles s'inclinent une dernière fois devant les sépultures et s'éloignent à pas lents dans les allées du cimetière.

pca
cmb
édition pré-presse
livres numériques

44400 Rezé

IMPRIM'VERT® PEFC™ 10-31-1510

Imprimé en France
par Corlet Imprimeur
14110 Condé-sur-Noireau
Dépôt légal : Mars 2017
N° d'impression : 187317
ISBN : 978-2-7499-3019-0
LAF : 2236